U0921412

明
室
Lucida

照 亮 阅 读 的 人

Rent spel
公平竞争
Tove Jansson

[芬兰] 托芙·扬松 著
沈贇璐 译

北京联合出版公司
Beijing United Publishing Co.,Ltd.

序

“……你现在该喝点咖啡了，好让你清醒清醒。我们从头开始重新过一遍。慢点读，我们有的是时间。……只要觉得什么地方不太对劲，我们就停下来讨论一下。只要想到什么新点子，我们就停下来。准备好了吗？读吧。”

尤娜和玛丽坐在尤娜的工作室里，玛丽再次捧起她正在创作和修改的短篇小说进行阅读。这就是我们与她们会面的地方，在作品中，在永无止境的对话中，在一章又一章的故事中。

《公平竞争》在1989年首次出版时，书的背面写道：“《公平竞争》实际上可以被称作一部关于友谊的小说。”但“小说”并不能完全捕捉这本书的形式特征，正如“友情”也无法概括玛丽和尤娜之间的关系。这究竟是什么样的一本书？那又是一种怎样的关系？我可以引用整本书的内容吗？序言的坏处在于要为已成形的作品增添一些东西，而这是一部清晰绚丽、闪闪发光的作品。序言的好处在于可以得到尝试的机会，让我们一点一点地接近清晰与绚丽。

在海港附近的一栋公寓楼里，玛丽和尤娜各有一间工作室。她们在这里度过了长达半年的冬天，过着既独立又互相依赖的生活。玛丽写短篇小说。尤娜创作版画。她们吃牛排，看电影，用两个小罐子计算维生素的摄入量。本书的各个章节也可以作为短篇小说阅读，在这些章节中，我们在城市的公寓楼和外围群岛的小岛——夏天的时候，尤娜和玛丽在那里生活——之间穿梭。

她们熟悉彼此，我们可以从书中观察到她们共同的生活习惯和她们身上琐碎而重要的事情。当尤娜搭建架子时，这意味着她即将进入工作期。当玛丽找不到她的论文时，论文通常就压在图书室的桌子下面。书中的时间层次复杂，在日常生活中尤娜展现出“一个幸福的特质，她每天早晨醒来的时候，都仿佛是要迎接一段新的生活”。总有一个令人兴奋的项目即将到来，这些项目能将她完全包围。玛丽和尤娜的生活中充满了她们所谓的“构想”、“想法”或“大致想法”，她们共同考虑的生活和艺术创作方向，以及那些尚未尝试但已有想法并充满活力的事物。也许，也许是这样。

日常生活、习惯和构想。永远都是新的东西。与此同时——且总是在同一时间——我们看到了另一段时间的轮廓，一段已经无法容纳所有图像的时间，一段悄悄潜入并笼罩着这座城市和岛屿的时间。通往商店的路很滑。鸟儿飞进窗户，海上刮起了风，有一天——具体是什么时候发生的呢？是去年吗？还是不知不觉间？——维多利亚号变得太沉了，无法把它拉到安全地带。它被四根绳子绑住，在海中摇摆不定。尤娜和玛丽轮流看着船。风依旧，随风而来的忧虑却是新的。“让人没法靠岸也没法出发，却能把船从水里拖上来的天气，可以算好天气。”两人一船构成的三者的幸福旅程被打断了，在这过程中她们不再是坚不可摧的。

但也有其他幸福的三者关系。尤娜买了一台小型柯尼卡摄像机，我们跟随尤娜、玛丽和摄像机，沿着熙熙攘攘的街道走入更广阔的世界。“我已经厌倦这种静态的图片了。”尤娜说。她想用手中的柯尼卡摄像机捕捉“能带点动作、带点变化的图片——你明白我的意思，我想把所有在当下发生的事情拍下来”。街头艺人、变戏法的人、鲸鱼的舞动，以及摩天轮起起落落的灯光。尤娜负责拍摄，而玛丽则不停为尤娜寻找柯达胶卷，“担心会不会错过什么不期而遇的美妙情景，担心在胶片耗尽的时候，街道上转瞬即逝、永不复现的景象会在她们眼前突然消失”。在大水族馆里，她们耐心等待鲨鱼，但鲨鱼游过后，玛丽才意识到自己没有看到鲨鱼：“我心思全放在柯尼卡身上了！我每分每秒都在想柯尼卡的事情，我都没反应过来我到底看了什么，它就那么过去了！”尤娜拿出相机：“你的鲨鱼在这儿，在这里面呢！等我们回家以后，你想看多少遍、想什么时候看都可以。还能边看边听配乐呢。”

昙花一现的东西可以在音乐的伴奏下变为永恒和完美的东西，就像另一组快乐的三者关系：尤娜、玛丽和法斯宾德。或者是尤娜、玛丽和卓别林。电影界的贵客们带着他们完美的作品到达这里，“所有事都是经过深思熟虑的”，让观众思考自己吊儿郎当的生活。

如果三者是三个人，这种关系往往更加复杂。在岛上，害怕雷暴、迷恋玛丽妈妈的黑尔佳曾来看过她们。九十二岁的艺术家瓦迪斯瓦夫搬到玛丽家住了两周，想与她们彻夜聊艺术。尤娜收了一个学生，虽然她曾答应过玛丽只给她喝咖啡，但她还是用沙拉和牛排宠溺她，有一天甚至开始给她吃维生素片。就像《夏日书》中的贝伦妮丝，她对索菲娅和祖母的拜访破坏了她们之间的亲密关系，玛丽和尤娜的客人同样打破了她们生活的隐性模式。因此，她们选择和法斯宾德待在家中，而没有接受阿尔玛的邀请。对法斯宾德一无所知的阿尔玛并没有意识到，她们为了去掉广告，必须待在家里。在其他人的陪伴下，“他们讨论的东西根本就无关紧要，一点意义也没有。和他们在一起，就别指望能想出什么构图还有思路了。也别想什么主题了。……但我们要是选择待在这里，选择看电影的话，那我们谈的东西可就不同凡响了，一字一句都不是随口说说的”。

在她们关于艺术的完美和生活的不完整的漫长对话中，我们感受到这位作家的工作处在一种紧张状态。在试图捕捉生活的同时，也不断地看到生活从手中溜走。尤娜和玛丽渴望完美，但又不允许自己被固定在某个框架中。她们是书里的人物，却不断在书页外开辟空间。她们是艺术家理想中永存不朽的生活状态。书知道自己赋予了她们生命，也知道永远无法完全捕捉她们。

但书能做的是创造场景，为她们提供空间。《公平竞争》以描绘托芙·扬松生活中最重要的两个元素闻名：工作和爱。的确，书中充满了工作和爱。但是，书中也充满了空气——等待和距离的阶段——这是工作和爱中不那么显眼、不那么受珍视的部分。在艺术家一生的工作中，人们常常看不到的是盼望变戏法的人出现的漫长等待，寻找自己方向的无尽日子。“一段没法看画，或找不到话聊，需要一个人待着的时间。”这很少被视为值得赞美的浪漫：在“独居生活”的时间里，在工作室之间的阁楼空间，你可以停下来独自听雨。在我们创造的关于工作、爱和生活的故事中，这一切都很容易被忽略。

亲爱的读者，我鼓励你在那里流连忘返，在俯瞰城市灯光的阁楼上，在画前的缄默中，在只能听到街上雪地摩托车的嗡嗡声的寂静冬夜中。托芙·扬松几乎在无形中书写了一段人生，同时也放飞了自己。当玛丽再次被读者的问题折磨时，尤娜对她说：“这个生活的意义，你现在把你能想到的全部用笔一次性写下来，然后再复印一份。下次再有人问，就可以派上用场了。”我们不知道玛丽后来是如何回复那位对生活感到困惑且十分崇拜她的读者的。我也不知道托芙·扬松自己是怎么回复的。但她为我们写下了这本书。

慢慢读吧，亲爱的读者，我们有时间。

汉娜・卢茨
2019 年

目录

新的布置

尤娜有一个幸福的特质，她每天早晨醒来的时候，都仿佛是要迎接一段新的生活。新生活引领着她，勇往直前地冲向夜晚。它洁净、不可捉摸，几乎看不到往日的忧愁与过错。

她还有另外一个特质，更确切地说是一种能力，这能力同之前的那个特质一样令人惊奇。那就是她时刻会萌生一大堆使人意想不到的主意，这些主意全是不由自主冒出来的。她会让这些主意留存一段时间，在这期间奋力实现它们。但假如她突然有了新的灵感和冲动，那旧主意就得闪一边去，把至高无上的位置让给新主意。像现在，她的主意是要给画镶上边框。几个月前，尤娜决定要给挂在玛丽房里的一些油画镶框，这些画都出自她们同行之笔。她做了一些很漂亮的边框，可是就在准备画的当口，尤娜有了新主意，这些画只好东一处西一处地放在地板上。“暂时先不动这些边框了，”尤娜说，“你搜集的这些东西应该整个重新调整一下位置，从最上面的到最底下的全都要调整。原来的格局保守得无可救药。”

玛丽什么话都没说，等着尤娜继续发话。事实上，这种半途而废的感觉挺不错的，有点像刚刚搬进这间屋子，还没来得及认真整理。

过了那么些年，她已经学会不去干涉尤娜的想法了，尤娜的想法里神秘地掺杂着完美主义和冷漠的元素，这可不是任何人都能欣赏得来的。总有那么一些人，他们的兴趣和爱好无论大小，都是绝不能受人干涉的。

你的一次提醒就会让他们的热情顷刻间化为厌恶，一切便都跟着毁了。

沉浸在与世隔绝的神圣气氛中，不受任何打扰地投身到工作里。用各种各样的材料玩耍，把它们塑造成各种形状，玩一场反复无常的、会在突然之间变得令人无法抗拒的游戏，将其余活动一律排挤在外。时常突然冒出一股动手的冲动，她自己，还有那些完全没动手能力的朋友，家里面只要有东西坏了，都要拿来修一修——目的是要修好它们，或者是把它们弄得更美观一些，再或者，把它们一丢了之，这对大家来说都是一种解脱。有段时间，除了看书其他什么都不做，日日夜夜地看；有段时间，则是光听音乐。这里只是稍微举一些尤娜会做什么的例子。每个时间段都需要花一两天来给它下定义。在那一两天里，情绪极度不安，生活百无聊赖，踌躇地寻找着新的方向。一直都是这个模式，没有别的法子可破。在那些空空荡荡的日子，任何建议和意见的干扰都是全然不可想象的。

有一回，玛丽碰巧注意到了这个现象，她说："你只做你喜欢做的事情。"

"那当然了，"尤娜回答，"我当然只做我喜欢做的。"说完她带着一丝诧异的表情对玛丽微微笑了笑。

终于到十一月的这天了，玛丽工作室里的所有东西，都要在这一天重新挂上去，并且是要挂到新的位置上。它们即将重获新生，呈现出全新的意义来，包括版画、油画、照片、孩子们画的素描，以及被虔诚地钉在墙上的各式各样珍贵的小玩意儿。随着岁月的流逝，这些东西慢慢失去了所有的记忆与内涵。玛丽已经把榔头、钉子、挂画的钩子、铁丝、水平仪，还有别的一些工具都集合在了一起。尤娜只带来一把卷尺。

她说:“我们从荣誉墙开始吧。挂的话,自然还是严格按照对称的样式来。只是这样一来,外婆和外公就离得太远了。而且下雨天的时候,雨水会从烟囱管里落到外公的照片上。你妈妈那幅小小的淡水彩画挂得位置不对,要再高一点。那面好看的镜子有点呆呆的,它不属于这儿,这面墙肯定要布置得简朴一些。这把剑虽然看上去有些可怜,但还过得去。这边要量一下长度——刻度差不多在 7 这里,或者就算 6.5 吧。你把钻子递给我。”

玛丽一边把钻子给她,一边目睹着这面墙重获平衡的过程。墙已经摆脱了传统的痕迹,取而代之的是近乎挑衅的意味。

“现在,”尤娜说,“这些你不在意的小奇珍异宝,我们要把它们挪走,让墙壁空出来。我要把这面墙改造成一面陈列墙,上面用不着放那么多装饰品。至于这些东西,你随便塞到哪个贝壳箱子里好了,或者寄到什么儿童文学协会也行。”

玛丽飞快地想了一下,她到底是该生气,还是该觉得轻松呢。她有点犹豫不决,开不了口。尤娜继续忙活着,她把所有的画都搬了下来,接着又把它们重新挂了上去。榔头一记记的敲打声像是开创了一个新的纪元。“我知道,”她说,“拒绝不是一件简单的事。拒绝接受别人的评论，拒绝接受整页整页不切实际的长篇大论，一旦你真的做到了，你会有种舒畅感。这和拒绝承认一幅画的价值，拒绝承认画有悬挂在墙上的权利，是没有区别的。再说了，这里大部分的画都已经在那儿挂得够久了，久得你都再也注意不到了。就算是最好的作品，你也注意不到了。它们之间还会打架，因为它们都挂错了位置。瞧，这边是我的作品，那边是你画的素描，它们两个就有冲突。我和你之间必须保持距离，这点绝对不能漏了。就像不同的时间段，它们也必须用距离隔开——除非你是故意把它们挤在一块儿，制造出令人震惊的效果！你自己体会体会，挺简单的……当别人往这布满图画的墙上一瞥，心里应该有一种惊喜的感觉，咱们可不能让他们觉得太简单了。我们要让他们在看这些画的时候屏住呼吸，让他们看了还想看，忍不住地想，看完了还要反复思考，甚至发疯，甚至……我们现在要把同行们的作品摆在光线亮一点的地方。你干吗单单在这块地方留那么大空间啊？”

“我不知道。”玛丽说。可其实她知道。这一刹那，她非常清楚，虽然同行们的这些作品画得很美，美得无可争议，但在内心深处她并不喜欢那些人。

玛丽开始集中起注意力。她注视着尤娜挂画的样子，心里慢慢觉得，有好多东西，包括她们俩的生活，都因此被摆到了正确的位置上。距离和不言而喻的归类为她们的生活好好做了一番总结，让一切变得有条不紊起来。整个房间彻底焕然一新。

等尤娜拿着卷尺走回自己的房间后，玛丽整晚都在惊叹：在最后想通这些无比简单的事情是多么轻松。

录像狂热

她们住在一套大公寓的两端，公寓离码头挺近。在她们俩的工作室中间，是一个带着高高过道的阁楼，阁楼两边都有木板门锁着。阁楼里没有人情味，也没有男人进出。玛丽喜欢在阁楼里走来走去，瞎逛逛。它同时还是一片必不可少的中立区，正好将她俩的地盘划分开来。她会在闲逛的半路上停下来，听一听雨水落在金属屋顶上的声音，看一看城里头万家灯火亮起来的模样，或者纯粹就是好玩罢了。

她们从来不会向彼此询问"你今天能开工吗？"这样的问题。也许，在二十或者三十年前，她们曾经提过，但渐渐地，她们已经学会不再这么去问。留一些空间给彼此是必须的，而这些空间常常是一段很长的时间，一段没法看画，或找不到话聊，需要一个人待着的时间。

玛丽进门的时候，尤娜正趴在梯子上，她要给她的前厅钉一些架子用。玛丽知道，每当尤娜开始做新的架子时，她就快要进入工作的状态了。有了架子，前厅自然就会变得极其狭窄、拥挤，但这无关紧要。上一次她给卧室安了一些架子，结果创作出了一系列超棒的木刻画。她经过浴室的时候朝里头扫了一眼，发现尤娜还没把打印纸浸泡到水里，目前为止还没。尤娜总是先要把她忽略的一些旧作拿出来，把它们重新打印一遍之后，才能定下心来开始工作。旧的作品被放到了一边，新的主意才能在脑海中浮现。归根结底，有创意冒出来的工作时间是很短暂的。脑中想到的图像可以在刹那间毫无征兆地消失，要不就是受某股力量的干涉，被赶出记忆——换言之，捕获灵感的脆弱欲望被某个人或者某样东西给无可挽回地斩断了。

玛丽走回前厅，对尤娜说她买了牛奶、家用纸巾、两块牛排，还有一把指甲刷。最后还附了一句“外面下雨了”。

“不错。”尤娜说。但其实她没在听。“你能不能帮我抓一下另外那头？谢谢。我这是要做一个专门放录像带的新架子。只放录像带，其他什么都不放。今晚电视里要放法斯宾德的电影，这事我和你提过没？你说，我要不要把这个架子延伸到门口？”

“可以，就这么干吧。他那电影是什么时候啊？”

“九点二十分吧。”

到了八点钟左右，她们忽然想起阿尔玛的邀请。尤娜给她拨了个电话。“实在抱歉这么晚才给你回电话，”她说，“不过你应该知道的，今晚要放法斯宾德的电影。还是最后一次。你说什么？不行不行，这么做行不通。录像的时候我们肯定得守在家里，那些广告总要剪掉的。是啊，不能来确实好可惜。但你知道我有多厌恶广告那东西，它们会把整部电影都给毁了的。代我向所有人问好啊。我们会再见的……是啊，一定会的。玩得愉快。拜拜。”

“她有生气吗？”玛丽问。

“哎，就那么回事。她明显对法斯宾德一点概念都没有。”

“我们要不把电话线接头给拔了？”

“你想拔就拔好了。反正也不太会有人打电话进来。他们都吃过教训了。就算有人打进来，我们也没必要去接。”

春天的夜晚变得很漫长，要把房间里的光线调暗的话有些困难。她们坐在各自的椅子上，等待法斯宾德作品的开场，她们的沉默是一种充满敬意的准备仪式。她们曾经用这种方式，准备了她们和特吕弗、伯格曼、维斯康蒂、雷诺阿、怀尔德，以及其他各位名家大师的会面，这些大师都是尤娜精挑细选、崇拜至极的——这算是她能送给朋友的最好的一份礼物了。随着时间的推移，这些录像带之夜已经在尤娜和玛丽的生活中占据了很重要的位置。放映结束后，她们会热切地聊一聊刚才看的电影，讨论得非常细致。尤娜负责把录像带放到录像带盒里，盒子都是事先用文字和图片装饰好了的，这些文字和图片是她借用电影图书馆里的材料复印的，这可是她搜集了一辈子的成果。带子被安放在专门的架子上——一盒一盒挨在一起，录像带盒子的表面采用了金色和较柔和的色彩，讨人喜欢；盒子背面还画有一面面小旗子，每面旗子代表了电影的制作地点。尤娜和玛丽很少有时间会把看过的电影再看第二遍，因为新的电影总是一波接一波地涌进她们的生活，需要她们去收留。很早以前，房子里所有的架子就已经被摆满了，所以跑前厅去造新架子也实在是没办法的事。

尤娜打心眼里渴望能看一次黑白的无声电影，首先自然是卓别林的电影。她还非常有耐心地教玛丽如何去鉴赏那些经典电影。她给玛丽讲述了她曾经在海外的留学经历、在电影俱乐部的经历，还给玛丽描述了她看到经典影片时那种狂喜的心情，她有时候一天能看好几部。

“你是知道的，我一看到那种片子人就像着了魔似的，高兴得不得了。要是让我现在再看一遍那种片子，那种拍摄方式非常笨拙，技术又非常粗糙，且除此之外一无是处的经典片，那感觉就好像又回到了年轻的时候。”

“可你本来就没有长大过啊。”玛丽一副天真模样地说。

“别打趣。我说的都是真实的事情,那些老电影。拍这些电影的人个个都不遗余力地在挑战自己的极限。那都是充满希望的电影，年轻又勇敢。”

尤娜还收集了一些她口中的“圣洁”的电影：西部片、罗宾汉系列片、狂野的海盗爱情片，还有其他很多以正义、勇气以及骑士精神为主题的简单影片。这些片子和当代一些天才大师导演的片子放在了一块儿，也在录像带架上捍卫着自己的领地。不同的是，它们的录像带盒子是蓝色的。

尤娜和玛丽坐在各自的椅子上，在那暗沉沉的房间里，等待着法斯宾德的到来。

“我每天躺床上睡着之前，”玛丽说，“脑子里想的都是你给我看过的电影，反倒不是平日里的各种烦心事，我是说那些我不得不做，或者我已经做过的蠢事。仿佛是你的电影把我从压力中解放了出来。我当然还是我，但我不需要再背这么多包袱了。”

“你入睡还挺快的。反正二十分钟，要不十分钟，你就踏踏实实地睡着了。你现在可以过去把录像键给按了。”

小红灯亮了。法斯宾德将他精心把控的狂暴呈现在她们面前。影片结束的时候，天已经很晚了。尤娜开了灯，再把录好的片子放到盒子里，然后把盒子放在了贴有“法斯宾德”标签的架子上。

“玛丽，”她说，“我们没去和朋友见面，你是不是不开心啊？”

“没有，反正现在没有。”

“那就好。我想说的是，就算见了他们又怎么样呢？还不是老样子，和平常完全没两样。他们讨论的东西根本就无关紧要，一点意义也没有。和他们在一起，就别指望能想出什么构图还有思路了。也别想什么主题了。我讲得对不对？就连对方要说些什么，我们都能大概猜到。我们对彼此都太知根知底了。但我们要是选择待在这里，选择看电影的话，那我们谈的东西可就不同凡响了，一字一句都不是随口说说的。我们做的所有事都是经过深思熟虑的。”

“就算你说得对，”玛丽说，“但那边的人至少会时不时冒出一些惊人之语，那些话很不搭调却能引起你的注意，让你立马就正襟危坐起来。你知道的，就是那种很荒谬的话。”

“我是知道。可你别搞错了，这种荒诞离奇的东西也正是电影大师精通的。你说的那种不搭调的东西，大师们通常会有意识地运用它们，去搭建电影里的一个关键部分。你明白我的意思吗？诡谲离奇但又不会无头无脑，他们非常清楚自己在拍些什么。”

“他们能这么做是因为他们有的是时间，”玛丽反对道，“我们又没那么多时间来思考，纯粹过过日子罢了！电影制作人当然可以拍出你所谓诡谲离奇的东西来，但这些不都是事先录好的嘛。我们可是真正活在当下的人。也许我没仔细想过这个问题……尤娜，你的这些电影的确很了不起、很完美。但真要全身心投入影片中，你不觉得很危险吗？”

“你说危险，此话怎讲？”

“你不觉得它把其他事情都贬低了吗？”

“不会。真正的好电影不会贬低任何东西，也不会隔绝任何东西。恰恰相反，它会为你打开新的视野，激发你的思维。它会帮我们改掉这种吊儿郎当的生活方式，改掉聊天时心不在焉的习惯，它会阻止我们把时间、精力和热情浪费在错误的地方。相信我，电影可以教我们的东西绝对很多，而且是前所未有地多。它给我们展示的是生活的真实面貌。”

玛丽大笑了起来：“你说我们的生活吊儿郎当？你的言下之意是，电影可以教我们用更智慧、更优雅的方式去浪费我们的生命是吗？”

“你别说傻话了。你其实心里明白得很……”

玛丽打断道：“假如电影是一位能带给人启迪的神，你努力照着它的指示去生活，可每一次的努力都只会让你捉襟见肘，这么做难道不算危险吗？你难道不觉得其实你做的每件事都被严重误导了吗？”

电话铃响了，尤娜走过去接。她听了很久的电话，然后她说：“稍等一下，我把他的电话号码找给你。冷静一下，一眨眼的工夫就好。”玛丽听见她最后是这样结束对话的：“如果有了消息，再打过来好了。拜拜。”

“发生什么事了？”玛丽问。

“还是阿尔玛打来的电话。她的那只猫从窗台跳了出去，想抓一只鸽子来着。”

“你不会是开玩笑吧？她家的那只莫斯？我不

明白，你干吗对她那么冷淡……”

“我把兽医的电话给她了，”尤娜说，“出了这种事，口气就该冷淡一些，就事论事就行了。你刚才说我被严重误导了对吧。”

“我现在不想再讨论下去了！”玛丽没耐性地叫了出来，“她家的那只莫斯……尤娜，我想睡觉去了。”

“别，”尤娜说，“我们还得等等，她可能还会再打过来的。她需要有人安慰安慰。这下换你去接，你陪她说会儿话。这类事我们俩公平分担，你懂的。”说完她把银布罩在电视机的屏幕上，既防灰又遮光。接着，她点上了这天的最后一支烟。

猎人

孤岩的形状像一座环礁，环礁就是环绕着潟湖或潮池的花岗岩。湖必须浅浅的，还要有一条狭窄的入海通道。低潮的时候，潟湖会变成一个普通的湖。以前海豹常在那儿玩耍，除非它们被射杀了，或者迁徙到了更安静的地方。现在那地方被母绒鸭用来当它们的育儿房。小屋坐落在潟湖的一侧，另一侧是海鸟的地盘。海鸟粪洒在花岗岩上，形成雪样的条纹。正在筑巢的海鸥还有燕鸥，以及一条条艳丽的长长雏菊花带，也像雪一样白。岩石坡的最上头有两只黑背鸥栖息在那儿，黑背鸥个子很大，翅膀上的羽毛是黑色的，喙就跟猛禽的一样。它们和这块聚居地的其余部分格格不入，似乎是为了显示出一副优越、轻蔑的姿态来。它们中时不时会有一只向山下俯冲，狼吞虎咽地吃下一只雏绒鸭，仿佛消遣一般。每次都会有成百上千只鸟惊恐万分地聚在一起，然后一只接一只陡然下落，向黑背鸥身上扑，但从来不会真的靠黑背鸥太近。而这座岛屿的领主只是朝它们心不在焉地呵斥一下，随即就返回到自己的领土去了，它像块石头一样，一动不动地站在环礁的最高点上，样子尊贵挺拔。

尤娜喜欢雏绒鸭，尤其喜欢在村舍附近溜达完，还坚决要跟着她走的小鸭子。到最后，她会把这只小鸭子塞进篮子里，然后划船把它送到离黑背鸥很远的地方。要划一个小时，才能找到一群像是小鸭子亲人的家伙。她说："早晚有一天我要把这些黑背鸥都给杀了。那帮白痴一样的鸟儿在这里叽叽喳喳，根本没法让人安心工作。"

有天早晨，尤娜在岩石坡上给她的手枪上油，她穿过潟湖，对准黑背鸥呆呆的身影放了一枪。其实她没怎么细想，到底是要吓唬吓唬它，还是真想射中它。但不论如何，那只鸟从山顶拍着翅膀坠落了下来。尤娜以前总爱用罐头练枪，所以玛丽虽然没目睹那过程，但这声音她可是熟悉得不得了。可能尤娜过去就想了结那只鸟。虽然她内心非常难受，但又忍不住为自己的枪法感到自豪。要知道，穿过潟湖至少有一百米的距离。不过黑背鸥的尸体却没有找到。

两天以后，玛丽一路小跑到岩石坡来。“尤娜，”她大叫，“这只雏绒鸭飞不动也走不了了，它都不知道该到哪里去！”

当她们来到海边的时候，那儿一只鸟都没了，黑背鸥也不见了。

那个阴沉的早晨终于还是来了，玛丽在岩石坡上发现了那只黑背鸥的尸体，它周围爬满了蛆虫。

“不出所料，”尤娜说，“这鸟果然还是得让你来找。哎，好啦，是我不好。是我把它打死的。”随后又添了一句，“在一百米开外的地方开枪打死的。”

“我早就该料到了，”玛丽突然说，“我就应该猜到这事！你把这里的大王给杀了。它固然可怕，但它是这座岛的一分子，是我们的一分子！你就是爱把弄枪！你根本就克制不住自己！好了，你现在可以取走它的羽毛了。拿走。去啊，去拿啊！你那个神圣的酸液池不就是需要这点东西吗，对吧？”

“我不是故意的。”尤娜想说点什么，但很快被玛丽打断了。现在玛丽的情绪非常激动，她十分残忍地想着一件事——那只雏绒鸭会不会跟着一块儿漂走。她想啊想，过了一会儿她走到养鱼池那儿，抓起鲈鱼一顿屠宰，她需要发泄。她其实很讨厌杀鱼这份差事，总是习惯留给尤娜来做。

尤娜把长长的羽毛从翅膀上拔下来，把它们洗好、晾干，然后把它们收到工作抽屉的最里头。这一整天，她都在等待玛丽对这件事情的后续反应，这是难免的。等到她们把渔网撒出去的时候，玛丽终于开口了，她开始讲述起猎人的事情。她曾经在什么地方读到过，说人基本可以被分成猎人、园丁和渔夫三种类型。“猎人，”她解释道，“自然是最受尊敬的那一类。他们通常被视为勇敢又有点危险的人。你知道的，他们总会做一些高风险的事情，性格冷酷无情，别人不敢做的他们都敢。我说得对不对？”

尤娜一边继续给渔网打桩，一边悠悠地发表评论：“人嘛肯定各式各样的都有。但大部分人都是那三种的混合。世界上大概百分之九十五左右的人都是如此。”

“没错，你说得当然没错。但确实有一部分人属于典型的猎人一族。这些人天生就是那样子。”

“说起海鸥，”尤娜说，“你还记得曾经的那只海鸥吗？它一边的翅膀断了，每天都在台阶上爬来爬去。尽管它什么都吃不下，你还是努力安抚它，给它喂食，我觉得那时候的你，就是在扮演园丁的角色。后面怎么来着，我用捕鱼的矛往它头里一刺，那时候你碰巧在忙别的事情，剩下的部分我拿榔头一敲，迅速搞定。我敢肯定它身体里都是蛆虫。已经彻底坏了的东西是修不好的。这样一来，你也轻松很多。你当时还说挺崇拜我的呢。”

“是，是，”玛丽承认道，“但这完全是另一码事。你这是专挑能证明你观点的例子来说。”

“有些情况，”尤娜没去听玛丽的话，说，“有些情况，你要解决事情，只能冷酷无情一点，善意的冷酷。印象里有一回这里来了群白痴，他们坐着那种可怕的塑料船上了岸，船是紫色的。没等捕猎季节开始，他们就想跑我们这儿撒野？！虽说是喝醉了，但这算不上什么理由。你还记得这回事吗？”

“嗯，我记得。”

“那不就得了。我走到沙滩那儿，把我的态度跟他们挑明了。根本不管用。他们一边对我冷笑，一边拿着猎枪悠闲地往岛上走。”

“他们蛮可怕的。”玛丽表示赞同。

“确实。当时我就想，不如朝他们的船上射几个洞算了，这是唯一可行的办法，对他们也很公平。算是给他们一个教训，不是吗？我往船的吃水线那儿射了好几个洞，砰砰砰。”

“那他们后来是怎么回家的呢？！”玛丽突然

冒出来一句。

“他们得把水舀出去，才能开船吧。搞不好他们随身带了抹布。”

尤娜和玛丽坐在那儿沉默了一阵子。

“奇怪，”玛丽说，“你说的是去年的事情吗？”

“是啊，要不就是前年的。那艘船是紫色的。丁香花一样的淡紫色。”

“你确定那船被射穿了好几个洞吗？会不会是你自己瞎想的？”

尤娜站起身来，她把晚饭用的碟子往床底下的盒子里乱塞一通。过了一会儿，她说：“大概是我瞎想的，不过我意思应该表达得很明确了。总得有人去扮演那个挑衅者的角色，这个意识你一定要有。没人敢蹚浑水的时候，总要有一个人起来还击。这么做也是为了保护……”

“哈！”玛丽大喊，“你这招模糊重点，诱我来支持，耍得还真不赖！不管你怎么狡辩，你就是觉得射击很有趣！你就承认吧！仲夏夜的那天，你把桑拿帐篷的烟囱管射满了洞，从那以后，桑拿帐篷里一直有烟冒进来。这件事情我提过一个字没？没。可我现在告诉你，我恨那把枪，这话我不说第二遍！”

玛丽拿起垃圾桶走了出去。

过了一段时间她又回来了。

“尤娜，那帮家伙又出现在这儿了。还有那艘紫色的塑料船。你能不能下山和他们聊聊？”

“他们胆子倒挺大，”尤娜说，“不过他们也有可能是来道歉的。说不定还给我们带水来了呢。或许还带了木头。你等下，我下去看一眼。”

尤娜在草地上刚走到半路，玛丽从她后头奔了过来。“带上这个，”她说，“指不定会发生什么事。”玛丽一边说一边把枪递给了尤娜。

猫鱼

这个夏天已经走到了六月份。尤娜还是习惯性地从一扇窗慢慢走到另一扇，再敲敲气压计。她以为玛丽没看见这些小动作。她还会去外面溜达溜达，跑跑岩石坡，或者到岬角那儿散散步，走过去再走回来。回来以后她就开始嘟囔，嘟囔一件件她觉得没办好的事情。那些乱吼乱叫的海鸥，也成了她的抱怨对象。她说海鸥一交配准会把人给逼疯。就连当地的电台，她也有自己的看法，她觉得那电台里放的都是世上最白痴的节目，比如那种介绍业余艺术家的节目，这些人无非就办了几场展览而已，弄得自己像有什么神赐的天赋一样。天气倒一直执拗地保持着良好状态。

玛丽一句话都没有说。她又能说什么呢？

终于，尤娜开始忙碌起来了，她要找点事情做做，不能那么轻易地陷入工作的痛苦之中。她把工具磨得很漂亮，用它们做了些小木制品，样子都很精致。她做得一个比一个小，也一个比一个漂亮。为了找点刺柏的木头，她特地把车开到群岛的西面，接着又绕到海滩那儿，捡了一批漂流木回来。这些木头的样子非常奇怪，兴许能带给她一些灵感。她把搜集来的木头分成两堆，一堆稍小点，一堆稍大点，然后又把它们对称地摆在木工台上。木头被海水冲刷得十分光洁，每一块都拥有独特的吸引力，好帮她暂时远离画画的烦恼。

有一天尤娜坐在山坡上，正忙着给一个椭圆形的木盒子抛光，她声称这块木头是从非洲来的，可惜她把名字给忘了。

“这个盒子会有盖子吗？”玛丽问。

“那当然了。”

“你一直在捯饬这些木头？我是说，不是做木刻或木版画什么的，就是单纯在捯饬？”

尤娜把木盒子放到一边。“没错，”她重复了一遍玛丽的问题，“那东西捯饬出来可好看了。你就当我是在闹着玩好了。我准备就这么一直玩下去。你有什么意见吗？”

猫咪走到她们俩面前坐了下来，目不转睛地盯着她们看。

“鱼，”玛丽说，“我们该收网了。”

“要是我就在这里玩，什么都不干，难道会出什么事不成？我就要玩到死！你们怎么说？”

猫咪发出了一声尖叫，叫声相当愤怒。

“你的抱负呢，”玛丽说，“到哪里去了？”

“什么到哪里去了。我不打算要那抱负了。”

“那要是你反悔了呢？”

“不会反悔的。我没那么多时间，你难道不明白吗？要出一件好作品，你得一门心思投很多时间进去。好作品需要你认真观察，不停地观察，就算绝望还是要观察。等画好了，还要再一遍一遍修，否则连屁都算不上。这么弄要耗上一辈子的时间，一辈子！再说我现在也没法看画。我说得不对吗？！”

“对，”玛丽回答，“你说得对。”

天空中乌云密布，空气也湿湿的。猫咪又叫了一声。

“鱼，”玛丽说，“猫粮吃完了。”

“等到明天再收网也没事。”

“不行，万一起风了呢？渔网可能被海草缠住，钩在海底。你知道的，这可是托尔斯滕舅舅留给我们的最后一张渔网了。”

“好，好，”尤娜说，“你那张托尔斯滕舅舅的神圣渔网，是在他九十岁的时候编出来的。”

“是已经过了九十岁的时候。我们把渔网撒错位置了，大概靠岸边太近了，那底下全是石头。”

猫咪跟着她们来到海滩边。尤娜负责划船，玛丽坐在船尾负责收网。浮标已经漂到岬角后头去了，距离这里好远。风力也开始增强了。

“我们现在毫无进展，”尤娜说，“你没瞧见吗，我们被困在这个死地方了。我说，你舅舅还有他那张神圣不可侵犯的渔网……”

“你安静点。这是他编的最后一张网了。再往外划一点，停停，拐弯！倒回去一点，往回掉头……我抓到了。”玛丽一把抓到绳子，又握住了渔网的桩子，“我说的吧，这网在海底被钩住了。你逆风划一下……掉个头。别往前了！掉头！我真是不抱任何希望了。这是他做的最后一张网。”

“啊哈，”尤娜说，“那太好了，太棒了，这网弄不上来了。弄不上来就是弄不上来。我这一个劲地在绕圈子，掉头！你到底想怎样！”

玛丽用双手抓着渔网，突然感觉从海底传来了一股力，原来是石头把渔网给撕了开来。渔网连同网桩从她手里一起滑到了船底，好大一坨东西缠在了一块。尤娜大叫了起来："松手，弄开它！"只见网桩的尾端戳了出来，跟着那坨东西翻过船舷上缘，回到了海里，然后便一齐消失了。尤娜顶着风划啊划，终于抵达了岸边。她把船头往坡岸上一冲，猫咪坐在那儿又冲她尖叫了一声。她们并没有下来泊船，而是仍然呆呆地坐在横座板上。海南面的颜色已经开始发黑，风也刮得很猛。

"怎么了？又怎么啦？"尤娜说，"与其为一张网伤心，不如为那些破得再也修不好的东西伤心。你舅舅就是喜欢织网，他理论丰富，实践能力也强，织网这活能让他觉得安心、熟悉。我是这么觉得的。他每次走进你说的那间小储藏室，就好像与世隔绝了一般。他织网的时候其实没想到过鱼，一点也没，更没想到你会把这张网看成他送给你的一份礼物。他只不过是安安静静地做着这份专属于他的工作。我可没诬赖他，你知道的。他没有什么抱负。"

"该死的抱负，"玛丽说，"我说的抱负是指一种欲望，一些你不得不做的事情。"

"什么事？"

"我以为你知道。"

"知道什么？那些画吗？它们已经被吞没了。吞没在成千上万幅别的画里，迷失了方向。好多画根本就没有存在的价值——可滑稽的是，它们个个都自命不凡。”尤娜稍微降了降音量添了一句，“我说的都是别人的画。那些画基本都是这副德行。”

暴风雨渐渐靠过来了，它像一张巨大又陌生的彩色幕布，从海面上执着地飘了过来。整个场景异常壮观，以前从没有过，以后也可能不会再有。天空朝着这块美丽的幕布移了过去，它进入的是一幅由局部雷阵雨绘出的帘幕，每一滴雨都是那么精致。光线开始变黄，像钻入地下一般。浅滩那儿已经成了一片孟加拉绿。很快，所有的东西都将化成一场灰色的瓢泼大雨。

“照看一下船。”尤娜一边大吼，一边跳上岸，朝着木屋一路狂奔。

玛丽把维多利亚号给泊好，在南侧和北侧又分别系了两条绳子。她走上山坡，凝视着这场倾盆大雨。大雨越靠越近，但速度非常缓慢。这点时间应该够尤娜来完成关键的第一幅素描了。

六月的回忆

世纪初的时候，玛丽的妈妈在瑞典帮忙组建了一支女童乐队。乐队的女孩子们自然都非常崇拜她这个领队。然而，其中有一个年纪特别小的队员，她对玛丽妈妈的崇拜可谓是毫无保留的。她的名字叫黑尔佳。黑尔佳安静得像只老鼠一样，几乎对世界上任何事情都会感到害怕。玛丽妈妈很清楚，无论怎么培养，黑尔佳都不可能成为一名出色的演奏家了，所以她悄悄地努力保护这个孩子，不让各种徒增恐惧的艰难险阻靠近。

黑尔佳最大的恐惧来自雷阵雨。每当雷声越滚越近，玛丽的妈妈就得去找她，安慰安慰那可怜的孩子。她会编各种各样的理由给那孩子听，比如温度的骤然变化、电流的故事，还有蹿上蹿下的气流之类。黑尔佳听没听懂不确定，但不管怎么说，感觉上总舒服一些了。

黑尔佳有一台照相机，她心爱的领队无论带她到哪里，她都会带着这相机。拍下来的照片都被贴在一本册子里，她从来不给任何人看这本册子，这可是她的秘密宝藏，也是她用来隔绝外头那危险世界的一道屏障。册子的第一页上，她贴了一小撮头发，头发还用透明玻璃纸给包了起来。这头发可是她怀着焦虑的心情，在做了一番前所未有的盘算之后，从领队那非凡的辫子上剪下来的，只剪了最末梢的一小撮。

值得注意的一点是，黑尔佳在离开乐队之后，从来没有回来找过她的偶像，连一般人免不了要送的圣诞卡片，也从来没给她的偶像寄过。这种一年一度的贺卡总是会让收贺卡的人泛起一点节日的伤感之情，更可能会冒出一阵良心上的不安。另一方面，黑尔佳依旧没放弃她那本“册子”，所有关于她那位“朋友”的东西都会被她贴进册子里。随着时间的流逝，册子里还多出了举办婚礼以及孩子出世的消息。册子中分很多章节，其中一章被黑尔佳取名为“她首先是一名艺术家”，里头有她参加艺术展的消息、报刊对她做的一些评价、一两件展览上的复制品，还有几段采访。至于那位“朋友”的家人，虽然不是黑尔佳最感兴趣的部分，但是也不得不提。册子的结尾部分粘着一份讣告和一首诗，黑尔佳将她过去未说出口的事都拼命写进了这首诗里。

很多年以后，黑尔佳在看早报的时候，碰巧发现了一张告示，说是要拍卖许多艺术家的早期作品，后头还附上了艺术家的名单。这里头有玛丽妈妈在念书时候画的素描和水彩画，黑尔佳把整个系列都买了回来，都是玛丽妈妈的早期作品。她给这些画裱上美丽的画框，挂在了墙上，还给它们拍了照，照片就收在那本册子里。现在，一切被画上了完美的句号。

就在这年夏天，不知什么原因，这份完美竟成了一种负担。黑尔佳决定把这份持续了很久的责任托付给另外一名牺牲者。于是，她给玛丽写了封信。可她收集的这些材料都太珍贵了，寄过去显然不行，只能亲自交到玛丽手上，而且越快越好。

玛丽读过了信，绕着岛慢慢地散了一圈步。她回来的时候，尤娜说："我们反正可以睡到帐篷里去的。应该就几天工夫对吧？"

"没错。应该就几天而已。"

六月的一个晚上，布伦斯特伦的出租船把黑尔佳送到了岛上。她和她们打了声招呼，语气沉默又庄严，像是参加葬礼一般。黑尔佳的腰身虽然粗了不少，但她个子还是很矮，脸上挂着一副矜持又固执的表情。接着她们朝小屋那儿走，屋子里的鱼汤已经在炉子上煮好了。过了好一会儿，她们之间才开始说上话。黑尔佳的意思是，现在打开包裹还有点早。“等明天，”她说，“明天是‘她’的生日。”

尤娜待在帐篷里头，她发现黑尔佳带了满满一堆行李过来。

“嗯，”玛丽说，“我们要不先看会儿书？”

猫咪走进屋子，准备睡觉。

第二天早晨，桌子中间躺着黑尔佳的那本册子。册子的封面用金色的乐队徽章装饰着。她点了一支蜡烛，燃烧的火苗在阳光下看不太见。

“你们现在好坐下来了，”黑尔佳说，“玛丽，这是一本记载着她一生的书。”接着，黑尔佳便开始讲述起她的故事。口气很严肃，但内容很细致。她说，为了能给玛丽母亲留下点印象，为了能在神圣的记忆花园中留下属于她的一席之地，自己付出了多少耐心和努力，承载了多少期待与悲伤。册子里的照片都已经曝光过度，褪了颜色。那些有故事的照片也都变得朦朦胧胧，看不太清楚了，这些故事对她们来说意义非凡。但幸好有黑尔佳，她能一张一张地解释给她们听。

“玛丽，翻到第二十三页。你知道吗？你妈妈在 1904 年的时候，获得过印刷比赛的第一名。我读一下学校的年报给你听……她还是一名出色的神枪手，你知道吗？第二十九页有。1908 年她在斯德哥尔摩拿过第一名，1907 年在松兹瓦尔拿过第二名。还有，你知不知道她是 1913 年离开乐队的？你晓得为什么吗？”

“我晓得，”玛丽回答，“她事情太多，实在忙不过来了，她觉得烦了。”

“不对不对。她并不是烦。她是想把乐队的职务交给别人，自己好全身心投入‘艺术事业’中去。再翻到第四十五页……”

“等一下，”尤娜说，“我要出去一会儿，我得给猫咪喂食。你们要来点咖啡吗？”

“不用了，谢谢，”黑尔佳说，“手头的这件事比较重要。”

过了一阵，玛丽从小屋里冲了出来。“你听见了没！”她大吼，“神圣的记忆花园！你知不知道在 1908 年，我妈妈是全瑞典头发第二长的人！那撮包在透明玻璃纸里的头发让我恶心，她凭什么这么做！”

“停，”尤娜说，“你知道我怎么想的吗？我觉得你应该和她说说，让她把册子给你，你一个人看就行了。你好好和她说，别一副恼火的样子，你就说这是你的私事，对你很重要。你可以跑到岬角那儿去，找一个最远的地方，这样她也不知道你是看了还是没看。”

“看我是肯定会看的！”玛丽咆哮道，“但我不可能这么做！还有，你又干吗要掺和进来！”

尤娜说：“一座岛上住两个人还过得去，哪怕情况再糟。但要是住三个人，那就可怕了。玛丽，她不是想偷走你妈妈，你好好想一想我说的话。”

玛丽拿着黑尔佳的那本册子，走到了岬角的最远处。天气温暖又舒服，海面上吹来一阵微风。

尤娜回到木屋的时候，黑尔佳已经把行李都打开来了。玛丽妈妈在学生时代画的所有素描，还有水彩画，被一排排整齐地挂到了墙壁上。

“什么也别说，”黑尔佳说，“我要给她一个惊喜。我们一起等玛丽回来吧。”

她们就这样等了很久很久。

到最后玛丽还没回来，尤娜只好跑到巨型船钟那儿，她要把钟摇响，通常只有在遇到紧急情况的时候才会这么干。玛丽跟着钟声一路奔回家，她撞开屋子的门，接着便一动不动地站在那儿。阳光洒在画框的金边上，非常耀眼。黑尔佳目不转睛地打量着她。

尤娜小心翼翼地说了一句："她那时好年轻啊。"

"是啊，"黑尔佳说，"是，她那时确实年轻。这是一份可以永远传下去的珍贵遗产。"

她们把墙上的地图摘了下来，又换上了玛丽妈妈的肖像。

"我们现在该喝一杯了吧，"尤娜说，"对不对，玛丽？"

"对。该喝烈的。可惜这儿没有。"

就在这时，房子被好长一阵爆炸声震得颤抖不已。一幅水彩画掉在了地板上，玻璃框也碎了开来。

"是俄国人吗？"黑尔佳轻声问。

"很有可能，"玛丽说，"从这儿到另一边其实也没多远……"

尤娜打断了她的话："你别乱说话。黑尔佳，这只是国防军在那儿做炮击演习而已。没什么可担心的。我们要不要出去看看？"

黑尔佳摇了摇头，她的脸都发白了。

玛丽走到山坡外头的时候说："她害怕了。"

"别那么幸灾乐祸。我们的猫粮够不够猫吃一个星期？"

"不够，应该不够。不过这炮击要是继续下去，它恐怕连条小鱼也吃不下去。"

"那声音又来了。"

"啊哈，"玛丽说，"我都能背出来了，电台里肯定会说，国防部门发出以下警告：'重型火炮部队将于某地、某日、某时进行实弹演习，危险地区的半径为五千米，高度为两千米，当地居民须小心谨慎，吧啦吧啦。'对了，这样一来，估计她明天就要走了！"

"我知道，我知道！"尤娜突然大喊，"这是我的错。我应该给录音机装上新电池的，我把这事给忘了……"

一艘小拖船缓缓地驶出海面，后头跟着一个巨大的靶子。炮弹落到海里时，海面上会激起一根根白色的水柱。

"他们这炮射得有点歪，"玛丽评论道，"看那边最后一发炮弹，几乎都要射到船上去了。他们应该搞一条更长的拖绳才对。"

靶子在岬角后头渐渐消失了，炮弹现在正好从岛上飞过。每次开炮，她们都能听到头顶上有人在吹口哨。为了躲过炮弹，还得时不时低下头，没别的法子。

“幼稚，”玛丽说，“我看他们纯粹就是来玩的。”

“玩倒是一点都不像。这个你不懂。开炮这个本领应该要好好学一学。这很重要，比世上所有的渔夫，还有夏天到这儿度假的人加起来，都要重要。这事情可不是闹着玩的。简单地说，国防部队到这儿来，是为了保卫我们的安全，而我们就应该尽全力帮助他们、理解他们。每次演习，部队都会派八百个人过来，这阵仗你该懂了吧。”

“哈哈，”玛丽说，“我看他们此时此刻像是九百只绒鸭在孵蛋！”

突然，在她们站着的海边，有一道水柱从海里冲了上来，完全出乎意料。水柱很高，颜色也很白。接着，一颗炮弹打在了山坡上，弹片如雨林一般飞过菜园。她们俩赶紧走到小屋里头。

“你现在听我说，”尤娜说，“我们必须要想个合适的办法才行。那些男孩子年纪非常轻，应该都不怎么会开炮。靶子现在正往岛后头移动。没事，这样一来他们开炮的时候，炮弹应该会经过群岛。只不过要求他们一上来就能估准距离，这有点困难，我们只好理解一下了。”说完她把咖啡杯端了出来，又把黑尔佳的剪贴本挪到了一边。

“把它给我！”黑尔佳大吼。玛丽说：“你可以把它保管在地下室，你人也可以到那边去，这样可能更好。待在这里的话，情况只会越来越糟。”

黑尔佳突然大叫：“你和你母亲一点也不像！”

“是不像。我和她确实不像。你不是对她了若指掌吗，这你应该知道！”

“够了，”尤娜发话了，“把书放到床垫下面去，你们俩都静一静。”

炮火声一直持续到傍晚的时候才消停下来。玛丽拿了一罐子颜料走了出去，她在每一个炮弹砸出的洞周围都标上一个白色的圈。“这些记号留着以后给别人看看，”她解释道，“给别人留个印象。”

“给谁？”

“可以给那帮从维肯来的小伙子……”

“玛丽，你今天的表现可不怎么友善。”

“是，我知道。”

“你就不能这么算了吗？”

“她没权利占有我妈妈。”

“哎，”尤娜说，“实际上，说得婉转一点，最糟糕的不是她占不占有，而是她把你妈妈在学生时代画的作品当成代表作，这样做不公平。”

这一星期就这么过了下去，或许这已经是最好的结果了。每到晚上，国防军就会拿探照灯扫一扫海面，这是一种军事演习。冷冰冰的灯光穿过小屋的窗子，有规律地转动来转动去，再遮光的窗帘布也挡不住那光线。黑尔佳哭了。

“玛丽，你得搬到小屋里去住，”尤娜说，“这样子她心里会好受一些。”

“不能你搬过去吗？”

“不能，我和猫继续留在帐篷里。这事情得由你自己来处理，仅此一次。”

玛丽拖着床垫走到小屋里，她把头面向墙壁睡了下去。

到国防军演习的最后一天了，外头忽然响起了雷声，狂风骤雨在一旁伴奏着。黑尔佳从床上跳起来，她把玛丽摇醒，大吼道：“他们现在冲着我们这儿发射了吗？！我们要不要躲到地下室去？”

“不是不是，他们没有在开炮，那是打雷的声音。只有上帝在对我们开炮。”玛丽把灯点上，她看到此时此刻的黑尔佳非常害怕，她从来没见过这么恐惧的面容。暴雨径直打在她们头顶上方，电击雷鸣也同时袭来。国防军的蓝色探照灯被暴风雨的红色幻象所吞噬，仿佛末日一般。真是太不可思议了。

“他们不是在开炮，”玛丽重复道，“只是在响雷罢了。去睡觉吧。”

“球状闪电！”黑尔佳又大叫起来，“它们进来了，然后滚到你身体里。它们会发现你，还会滚进你的身体里！”

玛丽抓起黑尔佳的肩膀摇了摇她。“冷静，”她说，“冷静下。睡觉去吧。你看看我在做什么，我把风门关了。它们现在进不来了。看这儿，你把橡胶靴子穿上。那样你就安全了，绝对的。”

黑尔佳套上了橡胶靴子。

“现在，现在我要给你解释一下，打雷是一个非常简单的现象……它就是一个……”

打雷这事到了妈妈口中，会变成非常自然的一种现象。可她具体是怎么说的，玛丽一瞬间有点想不起来。玛丽用略带模糊的口吻说：“打雷就是一种和上升气流有关的现象……”

这时，电光照在房间里的四扇窗户上，轰隆隆的雷声又一次沸腾起来。黑尔佳已经一头栽进了玛丽的怀抱，她使出全身力气抱住玛丽。“对，对，”她说，“上升气流，对吗？还有下降气流……还有别的吗？快给我解释一下！”

“电流，”玛丽轻声说，“只是简单的电流而已，没别的东西……”

慢慢地，雷雨朝着北方越走越远，和往常一样。只要岛上出现雷雨天气，基本都是打南边来，往北边走，这是常识。现在它们已经渐渐走远，远到几乎听不见它们的声音了，只剩下雨水在滴滴答答。

玛丽为了抱紧黑尔佳，两条手臂都僵硬了。灯也开始冒烟。她说:“结束了。你现在可以去睡觉了，已经没有危险了。你听我说，小朋友，现在已经没有任何危险了……”过了好一会儿，玛丽才意识到，其实黑尔佳早就睡着了。

第二天早晨，海面波光粼粼，整座岛被夜晚的雨水洗刷得干干净净。猫咪走过来叫嚷着要吃东西。

她们开着船带黑尔佳回到了大陆，路上还顺手撒了两张网。

就在公交车出发之际，黑尔佳转过头来看着玛丽，她说:“不论如何，有件事你得承认。你对雷电的概念好像不是特别清楚。”

“我承认，”玛丽回答，“不过我会努力把它搞清楚的。”

回家的路上她们把渔网收了收，放走了一条可怜的拟鲤和一条杜父鱼。猫咪站在岸上候着她们。

“这场雷雨走得好安静，”尤娜说，“你觉得呢？是不是挺舒服的？”

“非常舒服，”玛丽说，“算是最舒服的一次了吧。”

雾

船刚开到半路的时候，海面起雾了。冰冷泛黄的雾气从海里卷起来，非常迅速。尤娜又继续行驶了一小段距离，但没过一会儿她就把马达给关了。

“这么做不划算。继续开下去我们会开过头的，最后跑到爱沙尼亚也说不定。”

没有什么事情比在起雾的海面上等待来得更安静了。大船可能会突然耸立在你面前，但你根本听不见船头浪花的声音，连发动马达躲一躲的时间也没有。他们为何不鸣雾角……

我应该带上指南针的，尤娜心想。海面死一般地沉寂，风向也帮不上任何忙。至于手表，自然是没带。我甚至连天气预报都没有听……此时此刻，她坐在那儿，冻得瑟瑟发抖！

“你拿船桨稍微划两下，这样你人能暖和些。”

玛丽拿出船桨来。她细细的脖子流露出焦虑，看上去很可怜，湿湿的头发一绺绺地搭在眼睛上。

“你右桨划得太用力了，一直在打转。不过这样也好。”

“尤娜，”玛丽说，“船尾箱那儿你有没有放硬面包？”

“没有，我没放。”

“我妈妈……”玛丽开始说。

“我知道，我知道，你妈妈以前每次出海，都会随身带上硬面包的。不过现在的情况是，我没放。”

“你干吗要生气啊？”玛丽问。

“我没有生气。我为什么要生气？”

一条垂直的隧道径直出现在她们头顶，隧道的尽头通往一片恼人的蓝色夏日天空——就和坐飞机的时候看到的一样，不同的是隧道是笔直朝下的。

终于有条船鸣响了雾角，声音从非常遥远的地方传来。

“硬面包，”尤娜发表意见了，“硬面包，看在上帝的分上。你妈妈对硬面包真的挺讲究的。她会把面包掰成一小块一小块，然后把它们排成一排，再给每一小块都抹上黄油。一百年不变。我呢，只好在旁边候着她手里的黄油刀，等她用好再用。她和我们住在一起的那些日子里，每一年、每一天、每个早晨，都要干相同的事情！”

玛丽说：“你可以弄两把黄油刀的……”

一道巨大的阴影从雾中闪现，像一堵黑暗之墙，紧贴着她们身边滑过。尤娜猛地发动马达冲了出去，然后又把马达给关了。鼓起的波涛渐渐平息了下来，一切又恢复了彻底的平静。

“你害怕了吗？”尤娜说。

“没，我根本来不及害怕。”玛丽继续说，“顺便提一下，你妈妈可是对烘焙面包情有独钟。她以前一烘好面包，总爱给我们寄一整块来。每次寄出去了，还要打电话来通知一声。早上七点钟打过来，一打就是一个小时。那种全麦面包要是发霉变质了，我们就习惯叫它绿麦面包。”

“哈哈，那么好笑，”尤娜说，“说到妈妈，你妈妈以前在打扑克的时候会耍赖。”

“可能吧。不过怎么说她也已经八十五岁了。”

“不对。是八十八岁，这点你不能反驳。”

“好吧好吧，就算是八十八岁。人都到那年纪了，搞点这个那个也很正常吧。”

“这种事无论什么年纪都是不能做的，”尤娜严肃地说，“到了这把年纪，人必须学会尊重自己的对手。你妈妈使诈的时候，一点都不难为情，这点你最好也别反驳。她都不把我当回事。就算是玩游戏，也要认真对待才行。你左边划得再用力一些。”

天着实已经变得凉飕飕的了。这团雾气笼罩在她们上方，穿过她们的身体飘浮着，和以往一样难以捉摸。尤娜从船尾箱里拿出鱼钩，既然困在这儿了，不如钓一条鳕鱼看看——但不知怎的，她们当时也没啥心情钓鱼。

只好就那样干巴巴等着。

“真奇怪，”玛丽说，“像现在这样坐着，我脑袋里什么稀奇古怪的念头都能跑出来。现在几点了？”

“我们没带表。也没有指南针。”

“说起我们两个的妈妈，”玛丽继续说，“我有个疑问一直没敢和你提。尤娜，你们当时到底是在吵什么？你妈妈要是说风是从西北方向吹来的，你就会立刻驳斥她，硬说是正北风。她说北风的时候，你就说西北风；她说南风的时候，你又说是东北风，你们老是那样子吵个不停。其实我心里知道，你们肯定是在为了别的事情吵，肯定是非常重要、非常危险的事情！”

“我们当然是在为别的事情吵。”尤娜说。

玛丽停下划桨的动作。她慢悠悠地说：“真的？那你们到底在吵些什么？是时候让我知道了吧？你就说实话好了。我们正好聊一聊。”

“好。”尤娜说，“你问得真好。我告诉你，你妈妈她顺走了我好多造船工具，年复一年，日复一日。她磨不来刀，刀给了她，只会一把接一把地坏掉。凿子就更惨了！最可怜的是那些陪伴了我半辈子的工具。个个很精致不说，它们和人都是互相认识，互相有感情的——可突然出现了一个人，她压根儿不明白这些道理，也从来不尊重那些工具。它们都是有感觉的东西，她却像用开罐器一样，对它们粗暴得很！是，是，我知道你要和我说什么——她造的那些船是不错，制作也挺精良的。但她不能搞一套自己的工具用吗？偏偏要把别人的都弄坏才心满意足？！”

玛丽说：“嗯。那样做确实差劲。非常差劲。”她又开始划起船来，过了一会儿，她把船桨抽出海面，说：“都是你的错，因为你她后来都不做船了。”

“你这话是什么意思？”

“她说因为你做得比她好。”

“你现在是对我发脾气喽？”

“我哪能啊，”玛丽边说边开始划起桨来，“你有时候真会把我搞疯。”

雾气消散的时候，她们都没注意到。这团大大的夏日之雾正向北边渐渐滚远，它此去将会打搅到群岛内的居民。海面一下子开阔了起来，海水湛蓝湛蓝的。她们发现，就现在这位置，离爱沙尼亚还有好长一段路要走。尤娜发动马达准备回岛。路线和来的时候完全不一样，不过从这个角度往岛上看，感觉另有一番滋味。

杀死乔治

玛丽走进前厅时，听见了里头印刷机工作的声音。

“你怎么又回来了？”尤娜的声音从工作室里传来。

“我只是来找那些笔的……”

尤娜把她打印的东西拿到眼前，认真地研究了一下。“不对，”她说，“我知道你来这儿是想和我说乔治的事情。你把他的角色改过了。”

“没错。我把结尾也想好了。整个框架都想好了！我还去掉了很多重复的地方，斯特凡的名字也不是斯韦费了，他现在叫卡勒。”

“我的老天爷。”尤娜说。

“要不然我迟一点再来？”

“不用不用，你随便找个地方坐一下。我明天再继续弄好了。”

她们面对面坐在窗边的桌子旁。尤娜点了一根香烟，她说：“你没必要从头开始读，那一部分我全背得出来。我看到‘小姐，再来三杯差不多的’，然后安东走出去打电话这里。你从海龟那里开始读好了。”

“可我一定要从开头读起，否则就没有一种整体感了，这你懂的！我读得快一点，从开头读到最新的部分，行不行？他们去餐馆的那段被我删了，至于安东这个人，我没具体交代他是怎么在那儿的，在就是在了。总体来看，你觉得这样写可以吗？”

“完全可以。不过，说真的，我感觉还差了点什么。而且结尾也会比较难写。”

“结尾我都已经想好了！”

尤娜说：“不管怎么说，你还是从海龟那里开始读起吧。”玛丽便戴上了她的眼镜。

“说到悲伤的事情，”卡勒说，“你前几天有没有在报纸上读到过，关于一只孤独海龟的新闻？它的名字叫乔治。”

“没有，它是怎么回事？”

“这只海龟可有趣了，它是它这个品种里的最后一只了，加拉帕戈斯大海龟之类的。反正它是它这个海龟品种里的最后一只，它死了之后再也不会有这种海龟了。”

“这真是见鬼了。”博塞说。

“是啊。它平时常常绕着圈圈走路，一刻不停，像是在找什么东西。”

“他们怎么知道它是绕着圈圈走路的呢？”

“他们把它放在一个笼子里，”卡勒解释道，“每分每秒都有人观察它。乔治是在找母海龟，这下你懂了吧。”

“那这事他们是怎么知道的呢？”

“他们对此非常肯定。科学家嘛，你懂的。”

“好吧，”博塞说，“你和我提这个事情，是想暗示我安东也在做同样的事情吗？他也总一刻不停地打电话，但就是没人接。我们要不要出去找他？”

“等一下，”尤娜说，“这个安东。他不停地出去打电话。但那个女人始终不接他的电话。为什么要打那么多遍呢？既然她不接，那就说明她不在家，这么简单的事。还有，我觉得你拿他和海龟进行类比，挺牵强的。我心里面其实蛮喜欢海龟的，这你是知道的……”

“很棒！”玛丽脱口而出，“太棒了，既然你喜欢海龟，那你怎么会不喜欢其他部分呢！我都和你说了，我把整个结尾都给改了，整个！”

“往下念。”尤娜说。

“你知道吗，博塞，我有时候情绪会很低落，像见鬼了一样。”

“是吗？”

“是啊。我觉得做任何事情都没有意义。”

“啊，那这样的话你该怎么办呢？那只乔治……他们怎么就知道，世界上不存在第二只了呢，他们怎么就能这么确定呢？”

卡勒说：“他们就是知道。所有地方都被他们找遍了。”

“可我觉得他们没搜仔细，也许他们没那么多时间。要把地球上所有的角角落落都找一遍，是很花时间的。他们没找全，就这么急匆匆地跑出来说……我现在对你的乔治有点厌烦了。”

“好吧，那就不聊这个话题了。是我不好。小姐，再来三杯差不多的。”

“停，”尤娜说，“你确定要把小说里的男性角色都设置得这么简单吗？”

“他们本来就很简单，”玛丽回答，“现在安东要出场了。”

“看，”卡勒说，“我们帮你点的酒都留着。你现在有两杯了。”

“你们真客气。”安东说。

博塞说：“没人接吗？”

“没有。不过我想继续打打看。”

尤娜开始提问：“他一共打了多少次电话，我说那个安东？还有，他长什么样子？他是做什么的，他到底是谁？算了先不管了，直接跳到‘我不知道这是一种可怕的打击还是一种安慰’。我喜欢这一段。”

玛丽开始读：

安东走了之后，卡勒看着博塞的眼睛说：“可不管怎么说，那帮子科学家是不是太异想天开了点，我的意思是给乔治找媳妇这事，他们怎么就那么锲而不舍呢？她可能压根儿就不存在。还有，如果她真的存在，却永远都找不到，这样岂不是更糟糕？”他将杯中的酒水一饮而尽，表情很严肃，又继续说，“我不知道这是一种可怕的打击还是一种安慰。”

“这里我删掉了半页纸的内容。”

“博塞，你知道是什么让我真真切切地感到这么疲惫、这么伤感的吗？是因为我觉得没有一件事情是合我心意的。你现在听我说，我感觉好像所有事情都没有意义。它们仿佛都秘密进行着一样。你永远不清楚事情为何会发生，又是如何发生的。所有的事情没法拼在一起。你明白我在说什么吗？”

博塞说：“为什么所有的事情一定要拼在一起？你要用什么方式把它们凑在一起呢？你到底在期盼些什么？”

“我期盼的是一种整体感。”

“停，”尤娜说，“这个词你之前提到过。你三番两次地提，是要表达什么意思呢？据我的理解……”

玛丽把眼镜从脸上摘了下来，大吼道：“我和你说过了，我把整个结尾都重写了一遍！你知道我怎么写的吗，其实安东根本没有给任何女人打电话，这个女人根本就不存在，安东拨的一直都是他自己的号码！他是在打给自己，你明白了吗？我这么写是不是比原来要好？”

“确实。”尤娜说。

“那好。你也觉得这么写更好一点对吧。现在他又回到了桌子旁，博塞和卡勒注意到有什么事情发生了。我来给你读一下……”

“等一下，”尤娜说，“你先说一下你的设想。”

“我把她杀了，”玛丽解释道，“换句话说，安东把她杀了。这样一来，他就再也不用继续打电话了。博塞和卡勒肯定会很不安，所以他们又点了几杯新的酒，想安慰安慰他……”

“我觉得你不该在小说里放那么多酒进来，”尤娜说，“但是这个女人的部分，你处理得不错。把乔治也弄死的话怎么样？我倒有这个想法。”

“可你不是说你挺喜欢它的吗，”玛丽说，“你说过它不错的啊。”她站起身来把稿子理了理，“杀掉它，这行不通。”

“行得通的，”尤娜说，“这部分必须换个写法。要再来点咖啡吗？”

“不用了。我不太想喝。”

“玛丽。现在卡勒已经得出了一种很忧郁的结论，他觉得所有事情都是多余的。而乔治这边只会一刻不停地在绕圈圈走路，实际上它这么做一点用都没有，但它不知道。然后是安东，他很勇敢，他把自己的谎言告诉了大家。要想让故事的情节变得有趣，关键就在安东这个角色了，可你一点都不重视他。先别去管乔治的事情了，想一想安东，想想他为什么要这么做？你现在的脑子已经转不起来了，出去呼吸点新鲜空气，让大脑活跃起来。我正好去煮点咖啡来。”

尤娜走到浴室，她要把咖啡壶灌满水。她站在镜子前，看着自己的脸，一系列苦涩的念头突然在她脑中浮现出来：这样下去可不行，再这样下去，这部小说永远都完结不了。重写、推翻、讨论，然后继续写，真的无止境了。有很多词不是要换位置就是该直接被替换掉。反反复复，我都记不起来昨天是什么版本了，今天改了什么地方我也想不起来了。我受够了！我要进去把这话告诉她，就现在，马上……对了，要不先考考她，让她描述个什么东西。就我的长相好了。好的描述不仅令人信服，而且能让人很快就想象出我的样子来。她会怎么来描述我呢——脸宽宽的，看上去很不好客，上面还有很多皱纹；褐色的头发正在渐渐发白；鼻子很大？

尤娜拿着咖啡壶走进房间，然后说："你试试把我的样子描述一下。"

"你认真的？"

"没错。"

"我喝半杯就好了，"玛丽说，"我觉得我该回家了。"过了一小会儿她又说："要我描述你的话，我首先要突出你的耐心、你的固执。从某种层面来看，你是一个除了……啊对，除了你自己想做的事情，任何别的事情都不愿意去做的人，我可能要突出这一点来……头发的话，褐色中带有一点不寻常的色泽，尤其是在逆光下看的话。你的性格配上你那短短的脖子，会让人联想到古罗马时期的皇帝——你懂的，那种把自己当作神，当作全世界之主的皇帝……等一下——还有你做动作以及走路的样子。每次你把头慢悠悠地转过来，看着我的时候，你的那双眼睛……"

"一只是灰色的，一只是蓝色的，"尤娜评论道，"你现在该喝点咖啡了，好让你清醒清醒。我们从头开始重新过一遍。慢点读，我们有的是时间。把注意力集中在安东这里，始终把焦点放在他身上，我们必须把他塑造成一个栩栩如生的人物。必要的话，得把乔治给牺牲了。慢慢读。从卡勒说'小姐，再来三杯差不多的’这里开始，慢一点读。一定得集中注意力。只要觉得什么地方不太对劲，我们就停下来讨论一下。只要想到什么新点子，我们就停下来。准备好了吗？读吧。”

带着柯尼卡旅行

尤娜曾经拍过电影。在那之前她搞到了一台8毫米柯尼卡摄像机，她非常钟爱这台异常小巧的机器，无论去哪儿旅游都会带上它。

“玛丽，”她说，“我已经厌倦这种静态的图片了，我想制作点其他类型的图片，那种会动的、活生生的图片。我想要能带点动作、带点变化的图片——你明白我的意思，我想把所有在当下发生的事情拍下来……电影就相当于我的速写本。你看那儿！他们来了……喜剧演员们来了！”

他们来了，带着毛绒地毯的街头艺人们、站在球上的小孩子、能吞下火焰的强壮男子、变戏法的小姑娘，都来了。路人们在街上驻足停留，朝他们的表演越靠越近。天气非常炎热。太阳光闪闪发亮，阴影处则是一片刺眼的深蓝。

玛丽紧紧站在尤娜身边，尤娜的手中拿着一盘打开的柯达胶卷。玛丽听着摄像机发出的呼呼声，等节奏一变，她就得立马准备好新的胶卷，把旧的替换下来。她还有另外一项重要的任务，就是得让尤娜的视野始终保持开阔的状态，她要防止行人从摄像机前经过。玛丽把这看成一项非常神圣的任务。

“你不用去管这些，”尤娜说，“就当他们是临时演员好了。我到时候会把这些都剪辑掉的。”

可玛丽说：“让我去管管吧。这是我的工作。”

做好帮尤娜找柯达胶卷这件事也同样重要。玛丽为了找胶卷，跑到各个城市、小镇、公交车站，格外留心红黄相间的招牌，因为这意味着那里有柯达胶卷卖。爱克发胶卷似乎遍地都有。

“这样出来的颜色是蓝绿色，”玛丽说，“等下，我帮你去找柯达。”她继续寻找胶卷，同时还要担心会不会错过什么不期而遇的美妙情景，担心在胶片耗尽的时候，街道上转瞬即逝、永不复现的景象会在她们眼前突然消失。如此一来，她们又要重新徘徊游荡，拼命忘记错过的部分。

她们从一个城市拍到另一个城市，尤娜、玛丽还有柯尼卡。玛丽变得越来越挑剔，她开始对电影指手画脚，就连构图和光线她也要发表自己的看法。为了找到合适的主题，她甚至要东奔西跑。

这回她们来到了大水族馆，那儿的蓝绿色水池是海豚们的家，玛丽一把抓住尤娜的胳膊大叫："等等，它跳出来的时候我会给提示的，否则你这样子是浪费胶片……"突然间，那只海豚从水里高高地跃了出来，身体在太阳底下闪闪发光。尤娜大喊："现在再拍就晚了！你让我自己做决定吧！"

"当然，"玛丽说，"你还有你的柯尼卡。"

地面下方的水池有灯光打着，美丽得让人难以置信，黑漆漆的通道神秘莫测。鲸鱼们就在那儿潜泳。透过玻璃墙，你可以看见它们在跳舞，非常震撼。它们俯冲入水，嗖地转了个身，一下子暴露在光线之中。"这光线太暗了，"玛丽说，"你什么都拍不出来的，电影放出来，除了黑的什么都看不见……"

"安静，"尤娜说，"鲨鱼要来了。"

人们为了看这只庞然大物纷纷往前挤，玛丽伸开双臂想阻挡他们靠近。现在鲨鱼终于出现了，只见一道灰色的阴影从她们身侧缓缓地掠过，接着就消失不见了。

"很好，"尤娜说，"我把它拍下来了。你不是一直都很渴望，能近距离看看真正的鲨鱼吗？现在你看到了。"

玛丽说："我没看到。"

“你这话是什么意思，你没看到？”

“我心思全放在柯尼卡身上了！我每分每秒都在想柯尼卡的事情，我都没反应过来我到底看了什么，它就那么过去了！”

“那你也不用生气吧？”尤娜双手递出她的柯尼卡，说，“你的鲨鱼在这儿，在这里面呢！等我们回家以后，你想看多少遍、想什么时候看都可以。还能边看边听配乐呢。”

没有什么事情比发现马戏团更能让尤娜高兴的了。但在郊外林荫大道举办的周日嘉年华，兴许能让她更兴奋。她们带着柯尼卡找到了这个地方，从很远处就能听到旋转木马那断断续续的音乐。尤娜打开磁带录音机，小声说：“我们从这里开始录，慢慢靠近，要很慢才行，让人有一种期待的感觉。然后再是我们的脚步声。最后才是画面。”

她们以前从来没骑过旋转木马。

旅行结束之后，过了好多天，尤娜终于在她的工作室里摆上了银幕。她把投影仪的光聚焦在银幕上，还把屋顶上的吊灯也给关了。玛丽拿着笔和纸坐在那儿等着。机器开始转动了，银幕上投射出一块长方形的光。

尤娜说：“记一下要删减的部分。还有重复的地方。”

“好好，我知道了。还有一片黑的画面。”

之前拍摄的画面浮现在了她们的眼前。玛丽记录道：

开头删到H这里

跳过

V这里的篱笆

海滩画面太长

景观不必要

人群消失太快

花模模糊糊

她写啊写，到后来她都不知道她们到底去过什么地方了。

尤娜解释道：“剪片子比拍片子其实还要难。等我剪辑好了以后，我们可以把音乐加进去，不过现在还不急，有了音乐，看东西就不那么挑剔了。”

“可是尤娜，我现在就想看看有音乐的东西。我不想再记了。”

“那你想看什么呢？”

“墨西哥那段好了。那片空空荡荡的游乐场。

所有人都穷得骑不起旋转木马，你知道的。”

尤娜把带子放进去，一阵无休无止、凄凄切切的马林巴琴声，从带子里传了出来。画面模模糊糊的，一开始还抖抖晃晃，但就在一刹那，镜头切换到一片黄昏的景色中。黄昏的景象在银幕上停留了很久，接着画面转到了马萨特兰郊外的空地上。那里的下水管道通往大海，管道上反射出夕阳的最后一道光辉，像是一长条灼烧着的金色带子，然后便渐渐暗淡下去。现在镜头又移到了棚屋，从棚屋又移到了废车场那儿，接着又切换到很远的地方去了。闪烁着五颜六色灯光的巨型摩天轮出现在她们眼前，灯光随着摩天轮起起落落。柯尼卡越靠越近，你会发现所有的小游船都空无一人。画面又跳到了一匹旋转木马上，它一圈又一圈不停地旋转着，那儿也是一个人都没有。游乐场里的设备全都闪闪发光、炫目迷人，做好了供人消遣的准备。可惜人们只是慢悠悠地从那儿经过，冷眼旁观了几下而已。只有几个年轻的小伙子在那儿玩射击，除此以外没有人参与到这场盛会当中。尤娜给那些小伙子严肃的表情拍了特写。随着电影的放映，笼罩在马萨特兰上方的暮色也越沉越深，游乐场的人都走光了。可是摩天轮依旧在旋转，现在只剩一个灯在那儿起起落落了。时间已经差不多到晚上了。马林巴琴还在继续弹奏着。马戏团的帐篷后边，有几只狗在垃圾堆旁拱土，样子模模糊糊的。

“太……”玛丽说，“太棒了。那边的人玩都没玩就回家了……但他们至少看到那些东西了，对不对？你在影片结尾把废水沟放进去了对吧，就是那个一闪一闪的光影？”

“稍等一下，结尾部分来了。”

画面开始变黑，黑了好长一段时间。除了几道微弱的光之外，什么都没有。接着银幕上的画面就消失了。

玛丽说：“这一段你一定要剪掉，没人看得懂。画面太暗了。”

尤娜关掉了投影仪，把屋顶上的吊灯打开，然后说：“这一段就是得这么黑才行，要彻彻底底的黑，活灵活现的黑。现在你看到自己在那里头了，对吧？”

“对，”玛丽回答，“我在那儿。”

B 级西部片

尤娜拿着一杯波旁威士忌、一大玻璃瓶子水还有一盒科尔特斯雪茄走了进来。

“啊哈，”玛丽说，“你是要看拍美国西大荒的片子吧。是 B 级西部片吗？”

“是的。一部早期的经典片子。”

房间里相当冷，玛丽拿毯子裹在身上。“什么时候放？”

“其实，”尤娜说，“其实我觉得，我一个人看这部电影更合适。”

“我保证一个字都不说。”

“就算不说，我也知道你是怎么想的。一旦知道我就不能集中注意力了。”尤娜把她俩的杯子斟上酒，然后继续说，“你眼里的西部片都是在一遍一遍重复相同的故事。可能确实是这么回事。但你要理解美国人，他们可把自己的历史当宝了，那段历史很短却很有力。反正就是讲不腻……你喜欢的是文艺复兴那段历史吗？还是古埃及人那段？难道是中国？”

“都不是特别感兴趣，”玛丽说，“历史无非就是存在于某个时空而已。或者说存在过。”

“答得很好。你别以为我在给B级西部片说好话，你仔细想一想，想象一下最早登上新大陆的那批人，都有些什么特点——勇气！勇气和耐心。还有纯粹的好奇心。他们是最早发现这片土地，征服这片新大陆的人！”

“征服。”玛丽重复了一遍尤娜说的词，顺便把身上的毯子裹得更紧了些。

“对啊对啊，现在先别提什么印第安人，什么残忍、傲慢这些东西，征服这码事既有好的方面也有坏的方面。翻天覆地的变化始终伴随着暴力，事实就是这样，不对吗？瞧瞧这片空空荡荡的土地，瞧瞧这些荒无人烟的小镇，想想他们一辈子都要过着这种危险的生活……正因为这样，他们必须有一种严肃、强烈的正义感，他们必须尽他们的力量，按自己的方式创造出属于他们的规则和制度……”尤娜把雪茄搁到一边。“这雪茄吸不起来，”她说，“品种不对。”

玛丽指出，可能是因为雪茄存放的时间太久了。尤娜紧接着继续说:“这种目无法纪的状态必须要有套法则管管。失误是很自然的事情。你想，他们过的日子那么暴力、那么血腥，根本就来不及考虑周全。我反正是这么觉得的。再说了，现在这个年代失误也会发生，难道不是吗？我们都信错了人。”尤娜身体前倾，非常认真地打量起她的朋友。“荣誉感，”她郑重地说，“相信我，荣誉感这东西从来都没有像在他们那年代这么强烈过。那是一种男人与男人之间的友谊。你曾经和我说过，西部片里的主角个个很白痴——好，就算他们白痴。把他们抛开，不想他们，你能发现什么？男人之间的友谊——他们尊重彼此，他们的友情坚定不渝。这就是西部片的主旨。”

“我知道，”玛丽说，“他们先是要光明正大地打上一架，自那以后便成了永生永世的好朋友。要不然就是在结尾的时候，他们中品德最高尚的那位会被子弹射中，最后倒在抒情的音乐中光荣牺牲。”

“你这说得也太刻薄了点。”尤娜说。她把罩在电视机上的保护布拉开，接着把电视调到二台。

“不管你怎么说，”玛丽说，“西部片就像我说的那样，它永远都是换汤不换药的。总是一伙人策马奔腾着，经过的山、瀑布、教堂全都是一模一样的。还有酒吧、牛车，也全都一样。他们难道从来都不觉得厌烦吗？”

“不觉得，”尤娜回答，“他们不会觉得厌烦的。它就是要让你有一种似曾相识的感觉，它把你想象过的情景再现在你的眼前，你一看就能认出来。人都会做梦，不是吗？一辆辆牛车奋力穿越着未开垦过的危险之地……不管这是一部 A 级西部片，还是 B 级，甚至是 C 级，在他们看来，这是一条必经之路。就像影片里一次次重复的那样，他们为此感到骄傲，感到自豪，可能还会感到一丝慰藉。我是这么想的。”

“好，”玛丽说，“好吧，也许你说的是对的。”

但尤娜话还没说完，她接着说：“你说这些电影是在不断重复一模一样的东西，就算真是这样，也轮不到你来说。你自己写的短篇小说还不都是一个主题，不过是一遍一遍重复罢了。你去把窗帘拉上吧，电影过三分钟就要开始了。”

玛丽把毯子掉在了地板上，她拖着长长的音调沉重地说：“我想我还是去睡觉好了。”

要睡着可不容易。不一会儿有一批人从红色

的大山前驰骋而过，嗬嗬。一会儿他们又坐到那种不入流的小酒馆里打扑克了……一会儿他们开枪把酒馆里的瓶子弄碎了一地，跟着一群女孩在那儿尖叫。一会儿通往二楼的楼梯又“哗啦”一声倒了下来……

玛丽最后被一阵喇叭声给吵醒了，她立马听出来，影片中那群勇敢的男士应该是来到最后一个堡垒了。他们或许用某种君子的方式和印第安人解决了冲突——除去已经死了的人，剩余的人全都冰释前嫌了。此刻，电影里演奏起一曲《我亲爱的克莱门蒂娜》，她恍然大悟，一直以来她喜欢的竟是这首曲子。

就在这时尤娜把电视机给关了，她还把录像带倒了回去。接着，她去刷牙，刷完牙便躺下睡觉，一言不发。

玛丽问：“好看吗？”

“不好看。不过我还是把它录了下来。”

“退一万步说，那首《我亲爱的克莱门蒂娜》我还是挺喜欢的，”玛丽说，“虽然每一次放的都是相同的旋律，但不知怎么的我觉得挺好听的。”

尤娜爬起来把窗户关上，防止雪飘进来。房间里头非常宁静。

玛丽趁睡着之前问了尤娜一个问题，她问她们能否再挑个晚上，重新看一遍那部 B 级西部片。尤娜说应该行吧。

在大城市菲尼克斯

尤娜和玛丽乘坐巴士在亚利桑那州颠簸了好长一阵子，终于在一个夜晚，她们抵达了大城市菲尼克斯。她们在离巴士车站最近的一家酒店下榻，酒店的名字叫“马杰斯蒂克”，它是一栋诞生于20世纪第二个十年的大型建筑物，样子破旧又浮夸。大堂的接待处是一张用桃花心木做的长形台子，上面还放着几盆积了很多灰的棕榈植物。大堂里面宽宽的台阶可以通往黑暗莫测的二楼，除了台阶还有一排硬邦邦的天鹅绒沙发——酒店里所有的东西都是那么宏伟，只有那名前台职员是个例外，他的身体在他花环状的白发之下显得很渺小。他把房间钥匙还有要填写的表格给了她们，然后说：“电梯过二十分钟就要关了。”

开电梯的人坐在里面睡觉，他比前台那个老头的年纪还要大。他把电梯按到第三层，然后又坐回了自己的天鹅绒椅子。电梯像是一只带着青铜装饰的大笼子，运行的时候还发出“咯咯”的震颤声，速度无比地慢。

尤娜和玛丽走进了自己的房间，里头的家具着实放得有点多，所有东西都死气沉沉地静置着。她们行李也没打开就直接爬到床上去了，但她们没有马上睡着。她们一遍遍回味着巴士之旅，沙漠、雪山、没有名字的城市、白色的盐湖，还有一两个她们完全不认识，只是短暂停留而再也不会回去的地方，这些景象在她们眼前交错变幻。她们继续向前走，把经过的地方暂时抛在脑后。她们靠着银蓝色的灰狗巴士，度过了漫长的一小时又一小时、一天又一天。

“你睡着了吗？”尤娜问。

“没有。”

“我们可以在这里继续拍我们的电影。我已经盲拍一个月了，拍成什么样我一点概念也没有。”

“你确定透过车窗往外拍会好看吗？我觉得镜头移得太快了。”

“是是。”尤娜答道。过了一会儿她又说：“但是车窗外的风景很漂亮。”

她们暂时把电影放在一边，准备过几天再继

续拍。

“这座城市怎么这么空空荡荡？”玛丽问。

“空空荡荡？”坐在前台后头的那个老头重复了一遍，“我从不这么觉得。不过大部分人倒是住在郊外，他们上班的时候会开车进城，下班再开回家。”

尤娜和玛丽一回到自己的房间，立马就发现房间被人动过了，变动很小但很彻底——这是她们与那名隐形的女服务员维里蒂的第一次邂逅。维里蒂在客房里的存在感非常强烈，简直无处不在，尤娜她们的生活被她从头到尾改造了一番。这个维里蒂一看就是个完美主义者，做法又非常我行我素。她先是把尤娜和玛丽的随身物品按照对称的形式整理出来，样子有些让人发笑；接着，她从行李箱里把纪念品掏了出来，将它们一个一个放到化妆台上，排成一支旅队，其中不乏一丝讽刺意味。拖鞋要头对头地摆在一起，睡衣则要摊成像在握手一般。枕头边上放了几本她找出来的书，可能是她喜欢的书——也可能是不喜欢的——她还把她们从死谷捡回来的石头当书签用。这些难看的石头也一定让她乐坏了。好了，房间现在有模有样了。

尤娜说：“某人在和我们开玩笑。”

第二天晚上，她们发现镜子上多了点小装饰品，那是她们买来的印第安纪念品。除此之外，维里蒂还把她觉得该洗该烫的衣服都洗好烫好，然后叠成了对称的两堆。桌子中间插了一束仿真花，据尤娜她们回忆，这花之前也在前台摆过。“我很好奇，”玛丽说，“她不会每个房间都这么弄吧？她是想讨我们欢心吗？还是就为了满足自己？她每个房间都这么弄来得及吗？难不成她是想嘲讽一下其他服务员？”

“我们等着瞧呗。”尤娜说。

终于，她们在走廊里遇见了维里蒂。维里蒂块头很大，两颊红彤彤的，乌黑的头发好粗一把。她大声笑着说：“我是维里蒂！你们是不是很吃惊？”

“非常吃惊，”尤娜很有礼貌地回答，“我们很好奇，你怎么这么活泼？”

“因为我猜你们俩应该是挺有趣的人。”维里蒂说。

她们和维里蒂之间的友谊就这样自然而然地开始了。维里蒂每天都会兴冲冲地去找尤娜，她想知道尤娜的电影是不是快拍好了。不过照目前来看，应该还没好。要过整整一个礼拜，尤娜和玛丽才能到达图森，她们要在那里继续拍摄。

这让维里蒂挺惊诧的。“为什么偏偏要选择图森呢？这个地方不是和其他城市一样吗？只不过，从地图上看的话，它离这里最近罢了。你们怎么就停不下来呢？一会儿这里一会儿那里，要不就是去别的什么地方，区别很大吗？瞧你们俩，活得好好的，身体又好，还有人搭伴。现在你们还有了我。你们倒真应该和住在这里的人见一见，要是能处得来，他们可都是非常有趣的人。”

“住在这里的人？”

“我指的当然是那些退休的人。你们不也退休了吗？要不然你们干吗要到马杰斯蒂克来呢？”

“胡说八道。”尤娜的言辞有点尖锐，她边说边往楼梯那儿走。

维里蒂说：“你们不坐电梯吗？阿尔伯特喜欢别人坐他的电梯。我也正好要下去呢。”

阿尔伯特站起身来，按了按到底楼的按钮。

“嗨，阿尔伯特，”维里蒂说，“你的腿怎么样了？”

“左腿还好使一些。”阿尔伯特回答。

“你这次生日准备怎么过？”

“我心里还没底。我最近一直在想这件事，一直在想。”维里蒂走到前台的时候，她解释道：“阿尔伯特就要满八十岁了，他对这次的生日非常期待。你说他会请这里的所有人吗？还是就请他喜欢的人？这样子其他人会不会觉得很受伤呢？对了，你们今晚有什么娱乐活动吗？马杰斯蒂克的人都睡得挺早的……”

“我们可不会那么早，”尤娜说，“不过这个城市一到晚上还真是又空又静，你知道的。”

维里蒂略微严厉地打量了她一眼。“别把自己当个游客一样说话。我带你们去安妮的酒吧。你们先去，我工作完就来找你们。”

那是一间非常小的酒吧，样子细细长长的，最里头还摆了一张台球桌。酒吧由安妮一个人照看着。自动点唱机里一直放着歌。进来的客人擦肩而过时，都会互相打声招呼，仿佛一小时以前照过面似的。也许还真是这样。除了维里蒂她们，剩下的客人里一个女的也没有。

维里蒂说：“你们先尝一尝香蕉饮料，这是安妮特别调制的，她请客，喝了记得要说喜欢。喝完了，你们就随便点好了，平时爱喝什么就点什么。安妮是我的朋友。她有两个孩子，单亲，孩子全自己带。”

“这杯我请你们，”安妮说，“你们是从哪儿来的？芬兰？噢，我还以为你们那儿不给出国旅游呢……”她说话的时候正好有新客人进来，她转过头对他们笑了笑，过会儿又把头转了回来，顺便给尤娜她们又调了两杯香蕉酒，说是一定要为芬兰干一杯。

“安妮，”维里蒂说，“干杯的话，我觉得我们得喝伏特加，我说得对不对？”

这时有人点了首歌，歌名是《无名的马》，这歌在当时非常火。安妮拿来三个小杯子，分别往里头倒满了伏特加。她把那三杯中不起眼的一杯举了起来，迅速地和另外两杯碰了碰，然后就混到别的客人里去了。尤娜打开了磁带录音机，刚一打开，右手边一个戴牛仔帽的人便大声吼了一句：“嗨！安妮！她们在偷我们的曲子！”

“她们是喜欢那首曲子！”安妮也吼了回去，“你那份工作怎么样了？”

“没什么说头。你那几个孩子身体还好吗？”

“还行。威利咽喉痛，约翰也快了。现在想找个带孩子的人是没指望了……”

吧台这里已经有点拥挤起来了。

“给这两位女士留点地方！”安妮大叫，“她们是从芬兰来的。”

维里蒂把头转向那个戴牛仔帽的人，告诉他说：“这两位是我的新朋友，她们干了很多新奇的事，城外头很多地方都去过了。她们为了去看那个仙人掌花园，还走了很多路。这你想得通吗？——就为了从来不会开花的仙人掌，那破地方居然还要收门票！”

“真糟糕，”那个戴牛仔帽的人悲凉地说，“全是杂草。我上个礼拜给鲁宾逊家清理掉一大堆。报酬也不怎么高。”

“我给你们看点好玩的东西，”坐在左边的伙计说，“看，这个小玩意儿精致吧，应该卖疯的，可实际上没啥销路。”他把三个塑料小狗放在吧台上，一只粉的，一只绿的，一只黄的。小狗们肩并肩开始行军走路，领头的是那只绿色的。玛丽看看尤娜，只见尤娜摇了摇头，她意思是：不，他不是想推销这几只狗，只是想逗我们开心。

拥挤的人群，自动点唱机，放在酒吧里的台球桌用帘子隔了开来，在安静的对话中突然响起一声大笑，为了反驳或解释有人特意抬高了嗓门，酒吧里一直有人进来，想方设法搞到了座位。安妮好像发了疯似的忙个不停，但她其实一点都不紧张。她的微笑是用来送给自己的，她的匆忙也不是因为没有时间。

她们后来离开了酒吧，想回酒店去。宽阔的马路空无一人，很少有窗户亮着灯了。

“仙人掌花园，”玛丽说，“这没什么可笑的。

那可是一个投入了很多心血、很多爱的花园！那里的地面除了沙子还是沙子，每株植物都带刺，颜色也全都灰灰的。它们要不就是高得和雕塑一样，要不就是小得需要在周围支起个屏障，防止别人踩踏它们。每一株植物都有一张自己的名牌。真是一个勇敢的花园。”她又添了一句，“维里蒂，你也很勇敢。”

“你是说我？”

“这座城市，还有这家酒店？”

维里蒂问：“你们为什么要把所有事情都看得那么认真呢？仙人掌本身就喜欢沙子，要把它养大很简单，最后长出来的样子确实很漂亮。但名牌那玩意儿也太傻了吧！至于我，我过得很好啊。我在马杰斯蒂克结识了一大帮怪老人，他们爱玩什么把戏我全都一清二楚。我还认识安妮，现在又认识了你们，应有尽有。至于菲尼克斯，这地方只是碰巧能住一住，不是吗？这样想的话，我能在这座城市和这家酒店待下来，又有什么可奇怪的呢？”

她们走到酒店的时候，那位前台接待员醒了过来。

“维里蒂，”他说，“你们得爬楼梯了，你懂的。电梯明天能恢复正常使用。”

电梯被黑丝带蝴蝶结装饰着。她们走上楼梯的时候，维里蒂解释道:“阿尔伯特在下午的时候去世了,就在二楼。我们这样也算是表达对他的敬意吧。”

“啊，我很难过。”玛丽说，“抱歉。”

“根本不用抱歉，他现在总算不用再去为他那个生日操心了。尤娜，你那个电影什么时候搞定？”

“明天。”

“然后就要出发到图森去了吗？”

“没错。”

“图森市里可没有安妮的酒吧了。我听说过一些那里的事情，不太好，真的。”

尤娜她们一到房间，就看见一双双鞋子朝门口排成纵队，所有能找到的鞋子都给找了出来。花瓶也被倒了过来。窗帘拉了下来，行李箱敞开着。维里蒂的心情可真是毫不掩饰。

到了第二天，尤娜的电影该搞定了。她用杂货店老板提供的屏幕看到了她拍的东西，那是她坐在巴士里头，穿越亚利桑那州的时候拍下来的。屏幕被放在柜台上，这台小机器是专门用来方便游客的。影片放映的时候，尤娜和玛丽始终没有说话。太可怕了。一幅幅快如闪电的画面在她们眼前掠过，根本就什么也看不懂。画面被电线杆、树枝还有栅栏割裂成一块块碎片，景色好像倒了下来，然后又重新浮现，但是依旧闪得很快，完全看不懂。

“谢谢，”尤娜说，“我觉得已经看够了。我这部摄像机其实没有用很久。”

他对她回以微微一笑。

“那个大峡谷，”玛丽说，“我们不能去看看吗？就看一眼，求求你了。”

黎明时分，大峡谷在一片火红色光环中来到了她们眼前。尤娜一直稳当地提着摄像机，等待着时机的到来。画面非常漂亮。

拍完她们就回酒店去了，正好在走廊上又遇见了维里蒂，她立马问：“好看吗？”

“非常好看。”玛丽说。

“你们确定明天要去图森？”

“确定。”

“图森是个很恐怖的地方，相信我，那边没东西可拍的。”维里蒂把身体背过去，然后继续在走廊里走着，她的吼声越过肩膀传了过来：“我们今晚在安妮那儿见！”

在安妮的酒吧里，一切还是和往常一样。那群老顾客依旧在那里坐着，漫不经心又友好地打着招呼。她们也和上次一样，免费喝了一杯香蕉特调。

打台球的人们正在激烈交战着，自动点唱机里还是放着那首《无名的马》。

“这里还是老样子。”玛丽边说边朝维里蒂微笑。但是维里蒂根本没心思聊天。那个带塑料狗的男人也仍然在老位置坐着，绿色、粉色还有黄色的小狗肩并肩地走到了吧台上。“把它们带着吧，”他说，“要是感觉时间过得很慢，拿它们打打赌、打发打发时间挺不错。”

回家的路上维里蒂说：“我忘记问安妮了，不知道她家的约翰是不是也犯了咽喉痛。你们明天是几点钟的巴士？”

“八点。”

走到马杰斯蒂克酒店门前的时候，一辆救火车从空荡荡的街道上呼啸而过。这个晚上风很大，但天气非常暖和。

维里蒂说：“我们要现在就说再见吗？算是给这段回忆画上圆满的句号。”

“好。”尤娜说。

回到房间以后，尤娜打开了录音机。“听听这个，”她说，“我想应该不错。”

录音机里传来自动点唱机的声音、叽叽喳喳的聊天声、安妮具有穿透力的说话声、台球的碰撞声、收银机的叮当声。安静了片刻后，接着又传来她们在大街上的脚步声、救火车的警报声。最后是一片寂静。

“你哭什么啊？”尤娜说。

“我也不知道。可能是那辆救火车……”

尤娜说：“我们可以到图森给维里蒂寄一张漂亮的明信片。给安妮也寄一张。”

“图森那边根本就没有什么漂亮的明信片！那个地方很讨厌！”

“那要不我们在这里继续待一阵子？”

“不必了，”玛丽说，“已经过去的不能重来。那样不是真正的结尾。”

“好好，我的大作家。”尤娜一边说一边把明天要吃的维生素片数了数，然后放在了两个小玻璃杯里。

瓦迪斯瓦夫

那年的雪来得很早，十一月底的时候已经下起了暴风雪。玛丽那天要去火车站接瓦迪斯瓦夫·莱涅维奇。他的旅行从罗兹出发，途经列宁格勒。为了这趟旅行，他在出发前筹备了好几个月。他把申请表、推荐信还有调查材料都整理好了，为了把材料交上，他跑了一个又一个部门，这些地方都不太可信，批复得非常慢。他越等越焦虑，这从他给玛丽写的信里也看得出来："我非常绝望。那群笨蛋一点不明白，他们耽误的人究竟是谁——那可是他们口中的木偶戏大师！算了，我亲爱的朋友，虽然我们不认识，但既然都要见面了，不论如何我们都要好好聊一聊，谈谈什么是'艺术'的真谛。别忘了认出我的暗号，我会在纽扣孔这里放一朵红色康乃馨！再会！"

火车在这时进站了。他站在那儿，在最早下车的一群人中。他瘦瘦高高，身上穿着一件黑色的风衣，头顶没有帽子，白色的发丝随风飘动。就算没有康乃馨，玛丽也能认得出，这就是瓦迪斯瓦夫，一个超古怪的家伙。他看上去真的好老，年纪应该很大，这让她大吃一惊。因为瓦迪斯瓦夫写的信，无论怎么看，都像是出自一个激情澎湃的小伙子之手，信里面充满了夸张的形容词。他会因为她写的区区几句话就感到难受；要是她少写了什么，他也会难受。这种种行为都让人十分困惑。他时不时会提到“语调”的问题，他说玛丽的语调一直都不对，说她没有百分百地投入他们的合作中。每次起了什么误会，他都要巨细无遗地剖析一遍。总之，他们之间要像水晶一样透明！那些信现在正躺在门厅的地板上，信封上用非常大的粗体字写着她的名字和住址。

“瓦迪斯瓦夫！”她大声喊，“您来了，您终于到这儿来了！”

他跨着大步，灵活地越过了站台。他走过去小心翼翼地放下了自己的旅行箱，接着在她面前跪了下来，膝盖浸在雪地里。他的脸是如此苍老，眉头紧锁着，大大的鼻子高高凸起。让人惊讶万分的是，他那双黑色的大眼睛似乎一点都不失年轻人的光彩……

“瓦迪斯瓦夫，”玛丽说，“我亲爱的朋友，我求您了，站起来吧。”

他打开皮包，把一捧红色的康乃馨撒在她的脚边。风将花吹到站台上，玛丽弯下腰想把花都捡到一块儿。

“别，”瓦迪斯瓦夫说，“让它们去吧。它们就该散落在这个地方。这是给芬兰传奇的一份礼物，是瓦迪斯瓦夫·莱涅维奇来过这里的证据。”他站起身来，一只手拿着皮包，一只手伸向了她。

“抱歉，”一个戴着狐狸皮帽子的妇女正好路过，她说，“不好意思，你们不会真要把这些美丽的花朵留在雪地里吧。”

“我不是很清楚，”玛丽尴尬地回答，“您真善良，还来提醒我们……可我想我们该走了……”

玛丽开了门。“欢迎。”她说。

瓦迪斯瓦夫放下皮包，动作依旧非常小心。他对他进入的这间房间似乎完全不感兴趣，几乎没有朝四周扫过一眼。他也不肯脱掉他那件黑色长风衣。“给我几分钟时间，我得给我的大使打个电话。”

通话的时间不长，但是对话非常激烈。玛丽听出了他语气里的失望，挂电话的时候，他的口气相当傲慢不屑。

“我亲爱的朋友，”瓦迪斯瓦夫郑重地说，“您可以拿走我的风衣了。现在的情况是，我要在这儿落脚了，和您待一起。”

下午的时候，玛丽穿过阁楼跑到尤娜那边。“尤娜，他已经到了。整个旅途中，他一口东西都没有吃过。现在他情绪很低落，所以也没什么胃口。不过，冰淇淋的话，他倒或许……”

“你先冷静下来，”尤娜说，“那他现在住到哪里去呢？”

“住在我家。让他住酒店肯定不行，他看不起那种地方。还有，你知道吗，他起码有九十岁了。但他说他特别想在晚上和我聊天，聊聊艺术！他每天都只睡几个小时！”

“这点我相信，”尤娜说，“会一点点好起来的。你喜欢他吗？”

“超级喜欢。”玛丽说。

“那好。不管他吃不吃，我还是出去觅点食来，再带个冰淇淋，一会儿给你们送过来。再给你们带两块牛排吧。他到晚上应该会想吃点东西的。”

“你可别按门铃，千万别，东西放在门外就好了。对了，我这边的土豆也吃光了。”

瓦迪斯瓦夫和玛丽一边吃着冰淇淋一边喝着茶。

“说说您的旅行？”

“糟透了，”他突然大喊起来，“脸，脸——还有他们的手！没有表情，没有含义。这些素材我都不需要，我全都会做。怎么在脸上塑造出一个极具表现力的表情；怎么用一些简单细微的表情，就让牵线木偶的样子变得恶心，这些我通通知道。我珍贵的朋友，您是给我画了一些人物没错。但请原谅我这么说——您画的那些东西都像哑巴一样，不会和我交流。您画的那些手没有传达给我任何信息。不过我已经赋予了他们新的生命，我把他们拿过来改造了一下，给他们注入了新的活力！”

“噢，嗯，”玛丽说，“但这样一来，他们就不再是我的作品了。”

瓦迪斯瓦夫没有在听，他接着说：“您对剧院，还有木偶剧院怎么看？生活，猛烈又粗暴的生活，是剧院，剧院把生活中最本质、最不容置疑的部分提炼了出来。听我说。我想到了一个主意，一个大主意里的冰山一角。我要好好想一想，感受一下。我要把这个主意继续想下去。”他跳了起来，在房间里走进走出，步子很大，几乎像在跳舞一般。“别，什么都别说。我发现了什么来着？我发现了童话故事中的一块玻璃碎片，一个笨拙的童话故事，我把它称作‘芬兰传奇’。我要让这块玻璃碎片像钻石般闪耀！还有茶吗？”

“现在还没。”玛丽冷冷地回答。

“您应该用那种专门的茶壶来煮茶。”

玛丽把炖锅装满水，按下了炉灶上的按钮。“这要烧一会儿工夫。”她说。

瓦迪斯瓦夫郑重地说：“我不喜欢您的语调。”

“根据合同——”玛丽开始认真地说，但一眨眼工夫就被他打断了。“您让我大吃一惊，您居然和我提合同，居然和我说这种令人恶心的琐碎之事，作为一名艺术家，这种事情我从不在乎！”

她大吼：“听我说！我的作品应该受到肯定！不管怎么说，他们是我的，至少曾经是我的。对了，我到底该什么时候开始做晚饭？”

瓦迪斯瓦夫继续在房间里来来回回地踱着步子。终于，他开口说：“您什么都不知道，都快七十岁的人了，居然连一些起码的东西都没学到。我今年九十二岁，这是不是能告诉您点什么？”

“这告诉我，您为您九十二岁的年纪感到相当自豪！您根本不懂尊重这份工作，这工作不是单单您一个人的！”

“精彩！”瓦迪斯瓦夫大声吼道，“您是会生气的！好，非常好。可是您却没有在作品中注入丝毫的愤怒之情，也找不到别的什么情感。我告诉您，他们就是一群哑巴！叫他们童话故事的人物也好，白痴也罢，您画得很好看，但请您看看他们的眼睛，看看他们的手、他们那可怜巴巴的爪子！等下。我拿给您看。”说完他便过去开始翻他的包。

在一堆袜子、内衣裤、照片和形形色色、各式各样的个人物品中，藏着无数个小盒子。每一个盒子都是用柔软的棉花做的，外头还用塑料带缠着。

“看这儿，”他说，“我做的手。您该趁还学得进的时候多学点。您用手碰碰我做的这些脸，亲身感受看看，这样您能学得更多。看见了吧，这些轻盈的线条和一般的雕塑风格完全不一样。这些茶杯先拿走，桌子上所有东西都拿走，腾出一个干净的地方来。您的茶实在是太淡了。”

一只又一只手从盒子里被取了出来，通通放到了玛丽的面前。她就这样静静地端详着它们。

这些手美丽得难以置信。害羞的手、贪婪的手、不情愿的手、恳求的手、愤怒的手、充满怜爱的手，她一个一个地把它们举起来看。

天色已经很晚了。玛丽终于说了一句话：“嗯，我明白了。”她停顿了一会儿，又接着说，“这里面什么样的手都有。还有表达同情的手。瓦迪斯瓦夫，我能问您一件事吗？这次长途旅行，您在火车上遇到了好多手和脸，您把那叫作素材，可您一个都不用，不觉得可惜吗？”

“不觉得，”瓦迪斯瓦夫回答，“我没有时间了。而且那些素材，我全都会做，这我不是和您说过了嘛。我自己的脸我给忘了，不过也已经用过了。”

玛丽走过去把烧茶的火给关了。“也就是说？”她说。

“我必须创造新的表情出来，用我的智慧和敏锐的观察力去创造。死亡的脸我一直没用过，每次都做得不够好，他太显眼了。或者应该说‘她’？不管怎么样，这对我来说是个挑战，我很感兴趣。您对死亡有什么见解吗？您脑海中的死亡是什么样的呢？以前有经历过亲朋好友的亡故吗？”

“瓦迪斯瓦夫，”玛丽说，“您知不知道现在已经是凌晨三点钟了？”

“这没事。我们必须利用晚上的时间。我的朋友，我感觉您没有很认真地琢磨过死亡的面孔。您知道为什么吗？因为您从来没有用浑身的力气来生活过，从没坚持那么做过。您也没有拿出和时间赛跑的力气来生活过，没有抢在时间前头行动过，更没有看不起时间过。而我，每分每秒都是醒着的。即使在我短短几小时的睡眠中，我仍然在工作着，一刻不歇。没有东西可以被漏掉。”

“是，瓦迪斯瓦夫，是。”玛丽说。她非常累，累得已经跟不上对方说的内容了，整个人陷入深深的疲倦之中。她评价说，他过去一定非常英俊。

他一本正经地回答：“那是。我以前英俊的时候，路人都会在大街上停下来，转过头来看我，我还听到他们在说：‘这世上不可能有这么英俊的人吧！’”

“你听了一定非常高兴。”

“是的。我很喜欢听这话，忍不住地喜欢。不过，这类事情把我很多工作时间给挤掉了，这也是理所当然的。我任凭感觉来支配行动，把好多用来观察的时间都浪费了。这种情况发生过很多次了。”瓦迪斯瓦夫沉默了很久，又接着说：“现在我们或许该考虑考虑吃饭的问题了，吃了饭这一天也就圆满结束了。您是不是提到过牛排什么的？”

四点钟的时候，晨报从投信口里被投了进来。

“您累吗？”瓦迪斯瓦夫问。

“嗯。”

“那我就不再说那么多了。就一件事，就现在，我亲爱的朋友，请您全神贯注地听我说。其实很简单：不要觉得疲倦，永远不要变得兴趣索然，不要对生活漠不关心，更不要丢掉您那宝贵的好奇心——因为那样子的话，就等于让自己去死。这事很容易，对不对？”

玛丽注视着他，对他微微一笑，却没有开口回答。

瓦迪斯瓦夫拿起她的手，放在了自己的手里，他说：“我们就还剩两个礼拜的时间了。我们有好多事要谈，不得不谈，但时间不多了，谈不完了。不必感到苦恼，我们可以用晚上的时间来弥补。不过现在，我们该睡了。如果你醒来的时候，发现我不在，不用惊讶，我只是习惯早晨出去散散步而已。这个地方乍看上去挺有乡土气息的，但它是个靠海的城市。花店一般几点开门呢？”

“九点，”玛丽说，“对了，我开始慢慢喜欢上红色了。”

烟花

“在找眼镜吗？”尤娜忙着工作连头也没抬。过了一会儿她又说：“你所有的口袋都找过了？我最后一次看到它是在浴室里。”

玛丽一言不发，从工作室走到资料室，又从资料室走回工作室，接着又走到卧室和前厅里。

“你告诉我你在找什么。”

“哎呀，几张纸。一封信。不怎么要紧。”

尤娜站起来，走进资料室，朝桌子底下看了看。那里有几张写满了字的亮蓝色纸片。

“她正反两面都写了字，而且没标页码。”玛丽解释道，“你有时间和我聊一聊吗？”

“没有。”尤娜很客气地回答。

玛丽把她的纸理成一堆。

“好吧，她到底想干吗？”尤娜接着说，“你简单扼要地说吧。”

“她想知道生活的意义是什么，”玛丽说，“问得挺急的。”

尤娜坐了下来，等玛丽继续往下说。

“她觉得我对生活比较有经验，人年纪大了，应该懂这些事情。我该怎么和她说呢？”

“嗯，那她自己多少岁数了呢，我说那个写信的人？”

“她年纪不大，五十岁不到吧。”

“可怜的玛丽，”尤娜说，“你就说你不知道好了。”

“我可不能这么说。如果我说生活中最重要的事情是工作，估计她接受不了，因为她很讨厌自己的工作。”

“她叫什么名字？”

“琳内娅。”

“‘爱情’呢，你和她简单地说说看？”

“也不行！她根本就是一个人过日子。没有人爱她。”

“那她爱别人吗，就没有人要她关心要她照顾吗？”

“据我所知是没有。”

“她读报纸吗？对世界上大大小小的事情感兴

趣吗？”

“我猜应该不感兴趣吧。你现在是不是要问她有没有什么兴趣爱好，很可惜她没有，而且她也没有宗教信仰。”

“像她这种问题，”尤娜说，“每分每秒都有人在想，会不停有人来问你的。这个生活的意义，你现在把你能想到的全部用笔一次性写下来，然后再复印一份。下次再有人问，就可以派上用场了。我很同情你，不过这个琳内娅你还是靠自己解决的好。”

“你这个主意太聪明了，”玛丽激动地惊呼，“太谢谢了。要是没人叫我烦这些事，要是我不用处理这种与我素未谋面，以后也不会见到的人写来的信，什么生活的意义，我压根儿不会去注意。我要像你这样，有人帮你写感谢信、慰唁信，帮你把各种不想去的邀请都礼貌回绝掉，那我就哈哈大笑了！”

尤娜背对着玛丽站在窗边，她正欣赏着外面的景色，她说：“说得很对。是，是。先别怨声载道了，你过来瞧，港口在迷雾的笼罩下变得好好看。”

港口确实很漂亮。黑漆漆的航道在冰面上纵横交错，一直延伸到最远的埠头那儿。埠头那边停着好几艘大船，有点看不太清。

“怎么这么荒凉？”玛丽说，“尤娜，你现在还是帮我出出主意吧。我要不写写看那种小事？就是发生在身边的那种，很不起眼的小事……”

“你指的小事是？”

“哎呀，就比如说，春天又要来了？或者就是买点样子可口的水果，把它们精心摆到一个碗里……或者，一场滂沱的暴风雨正在慢慢靠近……”

“我觉得琳内娅不会喜欢暴风雨吧。”尤娜大声说话的时候，远处的港口突然无声无息地放起烟花来。紧接着，冬日的天空中绽放出五颜六色的花朵，它们在天空中停留了几秒钟之后便徐徐落下，但马上又有新一轮的彩色玫瑰花在天空中出现，一轮又一轮，画面富丽堂皇，在迷雾的笼罩下有些朦朦胧胧。托雾气的福，烟花被蒙上一股更神秘的气息。

尤娜说：“我估计是国外来的游轮为哄客人开心而放的。这烟花距离咱们好远。看这朵白色的……港口那儿现在已经是漆黑一片了，白色的那朵最好看。”

她们本想再等下一束烟花，可什么也没等到。

“我想我该回去了，我还得再工作一会儿，”尤娜说，“别搞得一副忧心忡忡的样子。说不定你的那位琳内娅也在看这场烟花表演，说不定就又有精神了呢。”

“她不可能看的！她家的窗户看出去是一个很阴沉的院子。她邻居家的窗户看出去，倒正好能把整个港口尽收眼底……”

“邻居？”

“对，就是一个不停在唠叨自己要做点什么，要穿什么衣服，要买什么东西吃，要怎么申报税款，要干吗干吗的女人。”

“这样啊，是真的？”尤娜惊呼，“这人非常有特点。我倒觉得这说明她对生活投入了很多爱。我在猜想，说不定你那位可怜的琳内娅，还真瞟了一眼那些烟花，说不定她日子过得不错呢。你现在就去给她回信吧，这事也就这么解决了。”

玛丽坐下来开始写信。等写好了以后，她又回到了工作室，她问尤娜能不能让她大声读一下自己写的东西。

“最好别念，”尤娜说，“你的浓缩果汁放在厨房的柜子里了，走的时候拿上手电筒，阁楼的灯不行了。你是明天去邮局吗？”

“嗯。要我帮你把包裹捎过来吗？”

“我晚点自己去拿好了，它们太沉了。不过你能不能顺路帮我买点番茄、奶酪还有洗衣粉来？还有芥末酱。我把它们列在一张单子上了。还有，记得穿暖和一点，天气预报说明天要降到十度。那张单子别弄丢了，走在马路上的时候小心点，外面路会很滑的。”

“是是是，”玛丽说，“我知道，我知道。”

往自己的卧室走的时候，玛丽像往常一样在阁楼里逗留了一会儿。她看着窗外的港口，心不在焉地想着那位对爱一无所知的琳内娅。

关于墓地

有一年玛丽和尤娜搞了一场大旅行，那次玛丽突然对墓地很感兴趣。无论她们走到什么地方，她都要弄清楚墓地在什么方位，看到墓地前，她整个人都坐立不安。尤娜对这个怪癖感到很吃惊，不过她想这只是暂时的，上一次旅行的时候，玛丽特别爱看蜡像馆，这股劲后来也没持续很长时间，所以这次尤娜就随她去。她非常顺从地跟着玛丽，在守墓人居住的城市里一条街一条街地走，那些城市都很安静，打扫得也很整洁。她拿着摄像机东拍一点西拍一点，但她实际上对这种静止不动的东西一点都不感兴趣。那阵子天气非常燥热。

“这里确实挺漂亮的，”尤娜试探性地说，“不过我们家那边的墓地要漂亮得多啊，也没见你去看过。”

“不想去，”玛丽说，“那边葬的人全是我们认识的，这边的可要古老多了。”接着她就把话题转到其他事情上了。

玛丽要找的墓地都已经荒废了，周围杂草丛生，可她偏要在那儿待很久。各种植被杂乱无章地生长在这片神圣的土地上面，它们放肆地在这里嬉戏玩耍，玛丽对此非常满意。

这地方和桑岛一样，人一到那边就会彻底静下心来。桑岛面朝大西洋，像是整片陆地上最突出的一颗宝石。那边的墓碑都深深地沉在沙子里，海风拂来的沙子堆积起来，然后又被海风吹散。经过海水和海风的冲刷，她们好不容易才辨认出墓碑上的文字。

“庞贝古城去吗？”尤娜建议道，“那边整座城都是块墓地吧？空得要命，全是无名墓。”

“不去，”玛丽说，“那边一点都不空。他们一直留在那边，到处都是。”

后来她们去了科西嘉岛，又去了韦基奥港，尤娜说：“我们要不坐巴士旅行得了？这样我们就不用为了过夜住酒店了。”她观察了一下玛丽的神情，又补充了几句，“好好好。都听你的。我们去看墓地。”

这里的墓碑上都贴有逝者的照片，照片里的人目光呆滞，周围还有一圈假花装饰着。

回到酒店的房间后，玛丽想做点解释：“太恐怖了……他们好像永生永世都活着一样。”

尤娜把地图还有巴士时刻表摊到面前的桌子上，她一边做着记录，一边在思考盘算着什么。当玛丽又一次说起恐怖的字眼时，尤娜把记录的东西一扔，她大声喊道：“恐怖，恐怖！那些人死了就死了，你能不能像个正常人说话。能不能做个正常的旅行伙伴！”

“抱歉，”玛丽说，“我自己也不明白我现在是怎么了。”尤娜接着说：“过段时间就好了。会好的吧。”

傍晚的时候，尤娜跑到韦基奥港的城郊那儿，她要在一条狭窄的街上摄制她的电影。因为天气实在太热，所有的门窗都大开着。夕阳正在落山，洒下来的光是金红色的。尤娜把街道上正在玩耍的孩子们拍了进去，能拍多少是多少，要是孩子们发现她在拍电影，大家就会蜂拥过来，在她周围扮小丑，这样拍出来的就不自然了。

“什么都没拍到，”她说，“太可惜了。光线那么好。”

尤娜刚把她的柯尼卡塞进包里，一个小男孩跑了过来。他拿出一幅自己画的画，问尤娜能否把这个也拍进去。

“当然可以了，”尤娜努力做出一副很友好的样子，说，“你一边画我一边拍。”

“不是，”男孩说，“就拍这幅画就好。”说完他便把画举到了她的面前。这幅素描是用粗头水笔画在一张纸板上的，纸板可能是从硬纸板箱，或者别的什么东西上撕下来的，画的内容让人印象十分深刻。

“这是一个坟墓。”男孩子说。

这幅画画得很真实，坟墓上的十字架、花圈，还有在哭泣的人们，都画得非常清楚。更有趣的是，男孩还把那口躺在黑土地下的棺材画了个横截面，棺材里躺着个人，牙齿也露了出来。整幅图看上去令人毛骨悚然。尤娜把它拍了下来。

“太棒了，”男孩说，“现在他肯定再也回不来了。我只要确定这点就好。”

突然有一位妇女从自己家的台阶上冲了出来，对男孩大吼。“进来，”她说，“别再没完没了地搞那些蠢事了！”说完，她把头转过来对着尤娜和玛丽，说：“请原谅托马索，他总是画相同的画，这事过去有一年了。”

“那是他的爸爸吗？”玛丽问。

“不是不是，那是他可怜的兄弟，他哥哥。”

“他们之间的关系很亲吗？”

“一点都不亲，”妇女回答，“托马索不喜欢他，一点都不喜欢。我也搞不懂这个孩子。”

接着，她便猛力把男孩往家里推。快进屋前，男孩转过头来说：“我现在确定了，他再也不会回来了！”

她们后来从小巷走回了酒店，黄昏时的光线依旧红得那么热烈。

玛丽慢吞吞地重复着男孩子的话：“我现在确定了，他再也不会回来了……”

“我把红色的光拍进去了，”尤娜说，“还有他举着纸板时的眼神。挺不错的。”

当她们抵达下一个目的地时，尤娜摊开地图，正想找一找这座城市的墓地在哪儿。

“不用找了，”玛丽说，“我现在不太想去那个地方了。”

“怎么了？”尤娜问。

玛丽回答说，其实她自己也不知道，反正就是觉得没必要去了。

尤娜的学生

有一年的秋天，尤娜招了一个学生。这个女孩子叫米丽娅，她个子挺大，人特别无精打采。她整天披着一件斗篷，头上戴着一顶艺术家式的贝雷帽。尤娜解释说，这个米丽娅很有天赋，但是要真做出成绩，起码先要学会尊重她的工作用具，这是要花上一段时间的。像现在，她用完印刷油墨就把它丢在盘子上，彩色油墨罐子的中间还被她戳出一个很深的洞，用好的棉花就和薄纱扔在一块儿，所有这些都是绝对不可原谅的行为。

“我只好从最开头教她了，”尤娜说，“制图是门很严肃的学问，她什么都不懂，只会画几张还算有点天赋的图。”

玛丽问：“她要和你共事多久呢？吃饭也在这里解决吗？”

“不用不用，喝喝咖啡就行了。偶尔给她做一两个三明治吃吃，她一天到晚喊肚子饿。这让我想到，我以前学画画的时候，也总是吃不饱。”

米丽娅来的那些天，尤娜除了应付她以外，啥事都不能做。玛丽帮不上忙，很是担心。当然，尤娜肯定是有教学天赋的，她曾经在艺术学院里教了好多年，是一位热情洋溢的老师，直到后来她厌倦了校园的一切，想自由自在地干点自己的事业。玛丽想，不管怎么说，教学这份差事她可是挺擅长的，她有这个真本事，而且她也喜欢教别人。玛丽思忖着，她可以将自己的知识传授给另一个人，让这个人可以站在她的肩膀上闯出一番自己的事业……但如果学生是像米丽娅这样的，喜欢穿件斗篷附庸风雅的人，玛丽就有点犹豫了。有时候她会问尤娜，教学工作进展得如何了。尤娜回答得相当简单，就说这孩子现在至少学会尊重铜版了，画完画还会收拾东西了。

“你不用给她做饭吧？”

“不用不用，这个我和你说过的。喝喝咖啡就够了。”

有一次玛丽挑错了日子，她想跑去找尤娜借一副钳子，走进去正好撞见那师徒俩在茶歇。桌子上摆了两种沙拉、一块卡门贝干酪还有几块小肉馅儿饼。尤娜和玛丽本来安排在第二天吃的牛排也被放在了餐盘上，还切成了很优雅的条状，周围用西芹装饰了一下。这还不算，尤娜居然还在桌子上点上了蜡烛。她们在那儿喝着咖啡。玛丽一口都没碰那些吃的，以此来表达她的不快。米丽娅表现得非常寡言少语。不知不觉她开始用铅笔在餐巾纸上画起画来。

“这画的是什么？”玛丽问。

“一张草图。”

“啊哈，草图啊。这让我想起我以前在艺术学校读书的时候，所有人都喜欢跑到角落里去喝咖啡，他们坐在那里，抓着香烟盒在上面涂画，然后突然说自己有了灵感。看来这一切都没有变，真好。”

尤娜转过头对米丽娅说：“你挺喜欢我做的沙拉对吧？要不要带点回家？”

尤娜把沙拉装进了塑料盒里，除此之外，她还给米丽娅带了半块干酪和一罐覆盆子果酱回去。米丽娅走了以后，玛丽问：“她从来都不笑一下吗？”

“是啊，不过她已经有点进步了。你要有耐心。”

玛丽说：“她要是继续这样下去会吃得很胖的。你瞧见她今天吃了多少东西吗？”

“年轻人容易饿肚子，”尤娜很严厉地说，“我年轻的时候和她一样难为情。”

“哈哈，”玛丽说，“她不是难为情，她是根本连装一下友好的样子都不愿意，她大概觉得这种闷闷不乐的样子比较像个艺术家吧。你能不能给我看看她画的作品？”

“现在还不行。她还在摸索自己的风格。”

后来几天，玛丽变得越来越生气了。三人份的咖啡已经成为一件习以为常的事情了，让人感觉特别别扭。即使这样，玛丽还是会忍不住跑过去，她要亲眼看看尤娜是怎么厚着脸皮溺爱她那女徒弟的。“米丽娅，今天外头挺冷的，你怎么不戴帽子呢？我和你说过了要戴帽子的，拿我的戴着吧。”“米丽娅，这张单子上是推荐你去看的画展。”“这份是那个沙拉的烹饪配方，你其实可以学着自己做做看。”“这里有几本关于制图技巧的书，你应该看一看……”曾经对周遭那么冷漠、那么疏远的尤娜，现在居然一下子扮演起照顾人的角色来，这实在有点让人难以理解。而且，在玛丽看来，那个被照顾的人连起码的文明礼貌都没有，更别提什么亲和力了。

有一次，玛丽单独待在尤娜的工作室里，她翻转了一下米丽娅完成的铜版画，这竟成了不可原谅的错误。在此之后玛丽再也没动过米丽娅的任何作品了。

秋天还没过去。尤娜已经把自己的工作搁在一边了，她开始做起书架来，这东西她自己完全用不着。米丽娅还是定时过来，每次来还是一副吃不饱又闷闷不乐的样子。有一天玛丽发现，尤娜居然还给米丽娅吃维生素片，每天晚上尤娜都会把维生素片放在工作台上的一个小罐子里。

“我看到了，”玛丽郑重地说，“你对你‘女儿’的健康照顾有加啊。你把它们放到我的罐子里了。”

“我没放错，只不过和你的罐子长得差不多罢了。你的维生素片今天早上就吃掉了。别那么幼稚。”

她一说完玛丽便径直从房间里走了出去，她关门的动作很慢很慢。自那以后，每到茶歇的时候，她再没有出现过。

这真是一个伤感的季节。

十一月里有天晚上，玛丽跑了进来，说她想让尤娜帮她找一部最难看的电影看看，电影里头要出现凶杀的情节，最好多出现几次。尤娜在放录像带的架子上找啊找。“这部片子相当恐怖。我以前都不敢给你看。”

“好。放吧。”

电影放完以后，玛丽长长地吸了一口气，说：“谢谢，我现在感觉好多了。最后一分钟，约翰逊居然变得那么感性，这点太奇怪了，一点都不像他的风格。还有那条无家可归的狗也有点格格不入。”

“这条狗放在电影里蛮合适的。约翰逊就做了那么一次违反自己本性的事情，这要让他付出一生的代价。电影里头加入一点不合逻辑的桥段其实很好，要是他的手下在挣脱他之前，一直被他玩弄于股掌之上，那这情节也太简单了，反而拍不好。”

“他的本性就是喜欢掌控别人，”玛丽说，“他天生就是做领导的料。我觉得他当时是被冲昏了头脑。不过那帮喽啰没他指导，真是啥事都办不成……对了，那些人后来怎么样了呢？”

“不晓得，”尤娜说，“他们自己看着办吧。对了，这只是一部B级片而已，我在想要不要把它给抹掉。”她边说边点亮天花板上的吊灯，“我今晚想看看书，不太想聊天了。”

在吊灯的照射下，工作室突然变得空旷起来，空旷得很诡异。

“你不会把房间打扫过了吧？”玛丽问。

“没有。你没书可以看吗？我找出来几本书，你应该会喜欢。有短篇小说什么的。”

工作室确实非常空旷。米丽娅的工作服也不再挂在她那衣架上了。

玛丽从拿来的几本书里挑了一本，打开看了起来。这个夜晚，时间就在安静的气氛中一点一滴流淌着，也没人打电话来。除了街上的铲雪车在辘辘地行驶着，其他什么声音也听不见。

过了几个小时，尤娜突然说："我想，我可能又要重新搞平版版画了。哎,这事情就是想一想而已。"

"嗯，"玛丽说，"就是想一想。"

"对了，"尤娜接着说，"我以前年轻的时候——那时候还在艺术学校，学期才过了一半我就出去干自己的活去了，这事我和你说过吗？"

"说过，你和我说过。"

"不管怎么说，这在当时算是挺轰动的一件大事了，简直是前无古人的！"

"我知道，"玛丽边说边把她看的书翻了一页，"记得你当时的那个老师吗，就你的教授？他不就是一个很爱掌控别人的人吗？"

"玛丽，"尤娜说，"你有时候说话真的太一针见血了。"

"你觉得我说话太直接了？但人是偶尔需要把憋在心里的话给说出来的。"

说完她们俩便继续看书去了。

维多利亚号

房间里有四扇窗户，因为大海从任何一个角度看都一样漂亮。秋天已经越来越近了，岛上迎来了一群陌生鸟儿的拜访，它们此行是要向南迁徙，有时候它们会向着窗户另一边的日光从窗户里飞过，和它们在树林里飞翔时一样。那些死掉的鸟儿永远都是摊着白色翅膀躺在地上。尤娜和玛丽会把它们背到避风港那儿，再让陆地吹来的风把它们带走。

有一回，尤娜说："阿尔伯特在造维多利亚号的时候说过，船的舷弧和鸟翅膀上的线条一模一样，我现在明白这句话到底是什么意思了。"

岛上突然变得寒冷起来。整个早晨风越刮越大。维多利亚号停在岬角的里头，它在波涛汹涌的海面上漂着，身上系了四根绳子。当然了，每次一遇到暴风雨天气，都要小心地看护它，但一年年过去，每年夏天要为它操的心真是越来越多。

尤娜说："我五月份的时候给它装了钩环。"

"这我知道。你还检查了它的绳索。"

"管它呢，反正他们说今天晚上风力会减弱的。"

可是这晚风力并没有减弱。什么样的天气是好天气？让人没法靠岸也没法出发，却能把船从水里拖上来的天气，可以算好天气。可惜，她们拖不动维多利亚号，那船太沉了。它停在海岸和碎浪当中，岸边的海水对着船头涌来，而碎浪则从另一个方向冲过潟湖拍打在船尾上。它和所有制作精良的船一样，有种特别的轻盈感，可以在海上翩翩起舞，不过现在可不是欣赏它舞姿的时候。

玛丽说："两个人都叫维克托。"

"你说什么？"

"我说我们俩的爸爸都叫维克托。"

尤娜没有注意在听，她说："你回家去取取暖，等轮到你了，换你过来看着它。"说完她站在原地，拼命守护着这条与海浪搏斗的船，一定有办法的——说不定这办法还特别简单。

等天色暗了下来，她们俩换了换位置，玛丽走到船这里来，尤娜则坐在家里负责画草图。关于起暴风雨的时候该如何保护维多利亚号这个问题，她每分每秒都能冒出新的点子来。手推车和桅杆应该派不上用场。绞车呢，不行。拿一组吊杆来的话也没用。她不停地画啊画，到后来她把所有画的图纸都丢进火炉里。虽然丢了，但她脑子里还在盘算着新的办法，构思着一切不可能实现的草图。

黑暗已经神不知鬼不觉地悄悄来临了。玛丽除了海面上的泡沫几乎什么都分不清了。海水往东边流会碰上礁石，然后在礁石缝里变成瀑布，朝潟湖横冲直撞；往西边流就会碰上岬角，碎浪在那里沸腾。而维多利亚号就停泊在海水的中间，不东不西。

过了好一会儿，玛丽又回到了木屋里。

“怎么了？”尤娜说。

“太奇怪了，”玛丽说，“进屋子以后，暴风雨听上去完全是另一种声音。我就是想说，它感觉像是有各种东西漂浮在一起，汇聚成一种拖得很长的哼唱声——记得有一回你想把这个声音录下来，可惜最后的成果只是一段没完没了的碎裂声……”

尤娜尖锐地问：“它情况怎么样了？”

“我觉得还不错吧。具体看不太清楚。”

“你对这种声音的研究，完全可以写篇文章什么的了，”尤娜说，“不管你写什么，你好像都要把暴风雨给加进去。你艉缆检查过了没？”

玛丽说："它们大概都沉在水下面吧。水位上来了点。"

她们俩面对面坐在桌子旁，没有说话。玛丽沉思着，我的爸爸是那么喜欢暴风雨……只要刮风，他就会高兴起来，再也不会那么忧心忡忡。他会拉起斜杠帆，带我们出海……

尤娜说："我知道你在想什么。你在想，过去为了让爸爸高兴，你们一直在祈祷着暴风雨的出现。他不是经常说吗？'我现在要出去一会儿，我要去看看船。'但你也知道，他出去纯粹是为了看那波涛汹涌的大海！"

"这一点我们都很清楚，"玛丽说，"彼此心照不宣罢了。"

尤娜继续说："你爸爸拖船的方式实在是一点技巧都没有，像小孩子在闹着玩一样。我们要不要吃点东西……"

"不用了。"玛丽说。

"现在再过去看它，是不是已经没有用了？"

"是没多大用了。做什么都无济于事了。"

尤娜问："我们是什么时候发现自己已经没力气帮它了的，是前几年吗？"

"也许吧。这也不是一朝一夕的事。"

"好像是你费劲把锚地那儿的石头提上来那年。"

"差不多，"玛丽说，"不过这样其实也挺有意思的。虽然身体没过去那么强壮，要提要滚都没什么力气了，但是我脑子里冒出了更多的新点子，全新的点子，你懂的。抬升力、杠杆作用、平衡，还有倾角，通通是关于逻辑思维的点子……"

"是，"尤娜说，"我知道，你喜欢刨根究底。不过现在别和我谈什么抬升力的问题。我们那酒瓶子里头还有酒吗？"

"还剩一点，我猜的。"玛丽跑去把朗姆酒和两个酒杯拿了过来。暴风雨那一成不变的哼唱声充斥着整个房间，声音持续不断，像要把人催眠似的。房间似乎在颤抖着，她们俩仿佛登上了一艘大型汽船。

"他去过很多地方旅游。"尤娜说。

"嗯是的，他拿补助的时候老爱出去。"

尤娜说："我说的不是你的爸爸，我在说我的爸爸。他以前和我们讲过关于他旅行的事情。我都分不清楚，他讲的哪段是编出来的，哪段是真的发生过。"

"这不是更好。"玛丽说。

"你别打岔……他还老是讲一些很恐怖、很惊悚的事情，还会讲到暴风雨，但他其实从来没出过海。"

"这样岂不是更好。"玛丽说。

“你老打断我。每次他一扯远，就不知道该如何收尾，这种时候他就会说：‘后来就开始下雨了，所有人都回家了。’”

“不错，”玛丽说，“很精彩啊。就是收尾才麻烦嘛。”她说完便走过去把奶酪和硬面包拿了过来，过了一会儿又继续说：“他倒不会和我们讲故事。现在仔细想一想的话，他和我们确实聊得很少。”

尤娜边把奶酪切成小块边说：“我们还会一起去图书馆，他和我，就我们两个。这感觉就好像我待在了爸爸口袋里一样。”

“我懂。他很了解野蘑菇是在哪儿生长的，每次把我们带过去以后，他会点上雪茄，对我们说：‘大家给我采。’其实他更喜欢一个人采蘑菇。那种时候，他会把装着蘑菇的篮筐藏到一棵云杉树下面。等到晚上，他会带上手电筒拉我们过去看。大半夜看蘑菇，这感觉你懂的——很吓人但又很奇妙。还有，他会假装忘记篮筐藏的位置……我们只好坐在门廊上清理蘑菇，一整晚都在干这事，就靠着煤油灯那点光……”

“那件事情你在哪张报纸上说过，”尤娜边评价边给她们俩的酒杯里倒上最后一杯酒，“他还是个老走私犯。把标签浸到水里去，我想把它保存起来。”

“他当真敢走私？”玛丽问。

“当真，他什么事情都敢做。”

“那我的爸爸还蛮正常的，”玛丽沉重地说，“你还记得禁酒的那段时期吗？那会儿有好多爱沙尼亚的伏特加漂到岸上来，所有人都跑到那里去捞。你知道他们是怎么处理这些酒的吗？他们拿这些酒卖出了天价！但他可从来不这么做。我那时还很小，他让我跟着他一起去海滩那里找伏特加。这件事我一直没有忘记过。我们把那些酒坛子藏在水草里头。他是个很爱冒险的人。”

“错了，”尤娜说，“他才是冒险家。他们之间这点的差别可大了。”

“你是说你爸爸吗？”

“当然了，我说的就是他。你知道的，他以前挖过金子，砍过很大的红杉木，还修过铁路……你看到过他从诺姆那儿带回来的金手表的，上面还刻了字，他当时在那里负责看鱼。”

“是的，”玛丽说，“一块货真价实的汉密尔顿手表。”

“正是。货真价实的汉密尔顿。”

雨不知什么时候下了起来，这情况不太妙，要是变成暴雨的话，维多利亚号一旦积水太多就会沉下去的，它再也不能在海浪上翩翩起舞了。玛丽想说点幽默的话来暖暖场："后来就开始下雨了，所有人都回家了。"可尤娜并没有笑。过了一会儿，玛丽问："他从来都不会想家吗？"

"会想。不过他一回到家，又会想要出去。"

"我爸爸也一样。"玛丽说。

雨下得越来越大，变成了一场实实在在的倾盆大雨。

玛丽继续聊："你知道他以前拿到补助的时候干什么事去了吗？他给自己买了一件男式大衣，就是那种宽松的大衣，衣服很新、很长，颜色是黑的。他不喜欢那衣服，他说这衣服让他感觉自己就像他的雕塑似的，他后来跑到希斯皮里亚公园，把那衣服吊在了一棵树上。"

她们听了会儿雨声。

玛丽说："这样下去它会超重。不过我们出去也帮不上什么忙。"

尤娜说："你别说了，这我都知道。"

大雨要是继续下个不停，船确实会超重，海水会从船尾那儿涌进来，船会和绳索一起沉入大海。这些她们心里都很清楚。但是它会沉多深？会被海底的石头砸烂吗？就算外面下着暴雨，海底是不是反而比较安宁呢？海水到底有多深呢？有多少米呢……

尤娜问："你崇拜他吗？"

"当然了。当个爸爸也不容易。"

"我爸也不容易，"尤娜说，"奇怪，其实他们心里的感受我们知之甚少。我们从来没关心过他们，也没有想过做点真正有意义的事情。总感觉没有时间。我们到底都忙什么去了？"

玛丽说："我想，大概都用来忙工作了。还要谈恋爱，谈恋爱很占用时间的。不过就算要工作、谈恋爱，真想关心还是可以关心的。"

"我们现在睡觉去吧，"尤娜说，"它应该熬得过。不管怎么样，现在再过去也为时已晚了。"

大风到第二天早上才开始变小。维多利亚号如出水芙蓉般躺在锚地，它光彩熠熠，仿佛什么事情都没有发生过。

关于星星

玛丽有个弟弟叫汤姆，他和尤娜相处的时候总是喜欢就事论事。他们很少在城里碰头，却经常在岛上见面。一见面就会谈起很正经的事情来。汤姆一般会开摩托艇过来，和尤娜聊一聊关于木材、专用工具的事情，偶尔还会一起讨论怎么修发电机。他们俩住的岛之间相隔三海里不到。通常情况下，机器都能修好。这让玛丽有一种安全感，她觉得生活中的绝大部分东西都还是能正常运转的。

汤姆开的摩托艇会在海面上溅起笔直的尾流，每当他回家时，玛丽都会站在岸上久久地凝望着他。六月的时候，汤姆住的小岛正好坐落在落日的中央。过了六月，太阳会移动到群岛后头，然后在更南面的地方下山。

有一回，发生了一件着实让人吃惊的事情，但绝对是真事——汤姆和玛丽打算移民到太平洋上的汤加去。由于当时台风肆虐，女王陛下的服务局通知他们，国家暂时没工夫来处理移民问题，他们俩既没有失望，也没有露出任何如释重负的表情来。后来汤姆和玛丽又找了一座靠北面的岛，他们在那里盖了个度假木屋，好多年来他们都去那儿避暑。汤姆想把屋顶弄成玻璃顶，这样他晚上睡觉前能看看星星，但窗户出了点问题，它漏雨。他们通过一则广告买了一架望远镜，可惜款式太老旧了，看出来的星星都不怎么大。

所有这些事情都发生在很久以前。

日子已经过到八月底了，太阳现在下山的方位在汤姆住的那座岛的南面，离得挺远的。海面上基本没有什么船了，只有在早晨和傍晚的时候，能看见渔民们出没，他们的船尾飘着黑色的三文鱼旗。不过汤姆为了解闷总是会开船出海。玛丽常在一早一晚看到他的船直冲入大海。

“尤娜，我和你说。碰到这种日子，我们以前经常划船出去的，我是说我和汤姆。每一个碎礁我们都要去，连最小的礁石都不会放过，越划越远。你从来不想去其他岛上面看看吗？”

“我们不是已经在一个岛上了吗？每个地方都长得差不多。我是不会把一整天的工作时间浪费在野营游玩上的。”

有天早上，汤姆过来借嵌装玻璃用的油灰还有刷窗户的涂料。他带来了井水，还帮她们捎来了信。这是一封约翰内斯写给玛丽的信。他给玛丽写的信为数不多，这是其中一封。

“尤娜，”她说，“约翰内斯要到这儿来，你记得约翰内斯的吧？就待两天。”

“我们的房子太小了，这你该清楚。而且帐篷也被风吹破了。”

“我知道我知道，但是他一点也不想住在我们的屋子里，他是要到一个荒无人烟的岛上去住，他打算睡在睡袋里头。他以前和我说过好多遍，但是一直没尝试。”

汤姆本想说点什么，但最后还是没开口。

尤娜说：“你难道不觉得约翰内斯年纪很大，已经经不起睡袋折腾了吗？我们这里很快就要到秋天了。他准备什么时候来？”

“明天，”汤姆插了一句，“从城里坐 11 路车过来，他已经和商店打过电话了。我可以开船去接他。”

他们对此沉思了一会儿。

“你们有睡袋吗？”汤姆问。

“当然有了，”尤娜一边回答，一边把装着油灰和涂料的罐头放在篮子里，然后跟汤姆走到了他停的船那儿。他们一致同意，最荒无人烟的岛应该要属西博达岛，那边船也比较容易上岸。天气预报说过后面几天都是晴天。

尤娜说："我给他们打包点吃的。"

"太好了，"汤姆说，"据我对他的了解，他估计都想不到这些事。回见。"

"拜。"

晚上的时候玛丽和尤娜讲了很多事，这些事尤娜很早以前就知道，只不过现在又变得重要起来了。

"你知道的，约翰内斯和我曾经有过许多宏伟的计划，其中最大的一个就是要尝试过一次自然的生活，把所有不必要的东西都给剥去，我们打算住到一个山洞或者类似的地方去——靠自己找东西吃。我知道你要说什么，先别说出来。不管怎么样，约翰内斯这个想法要比那些嬉皮士早多了！"

"这是五十年代时候的想法吗？"

"是四十年代末吧，我猜的。不过他一直没时间去实现那种自然的生活。那时候我们努力攒钱想买幢房子，那房子在法国南部，别人不要了。我们想请些写作、画画的朋友过来住，满足他们在自由自在的环境中工作的愿望——但每次我们一存了点钱，他就投到什么援助罢工的基金会里去了……可一直以来，我们始终有去无人岛上生活的念头。”

“如果你去那种荒无人烟的岛上生活，那你睡在哪里呢？”尤娜问。

“你动动脑筋。我说过了，睡在睡袋里。”

“他真想这样做吗？”

“当然了！肯定的。不过就是一直没时间。”

“那他现在就有时间了？”

“没有。我估计没有。”

“希望这一切顺利，”尤娜说，“不管怎么样，我反正会给你们送点三明治还有咖啡来，再给你们带一两个食品罐头好了。他有没有什么特别喜欢吃的东西？”

玛丽立马回答：“烘豆。还有他不喜欢咖啡里加奶粉。”

“很好，奶粉正好用光了。我去地下室看看。”

玛丽往斜坡那儿走了出去。

我知道。我记得他想干什么。他想平躺在欧石楠上面，整个秋天的晚上就躺在那儿看星星、听海浪，什么话也不说。可他就是一直没有时间这么做……希望这几天不要乌云密布才好。他有一回许诺过我，说我们要去奥兰群岛上搭帐篷住整整一个礼拜的，我等啊等，等到的消息竟是他有很多编辑的活要干……我当时借了一辆自行车，骑了整整一个晚上。那是六月的一个晚上，天很亮，哪儿都是盛开的玫瑰花。我骑到了他妈妈住的那个岛，她说："哎呀，原来你就是约翰内斯的朋友啊。进来喝点咖啡吧。"我可以挑个时候再骑一次，他们不是常说吗，那感觉就像游泳一样，忘不掉的。

玛丽和尤娜第二天早早地就醒了。天气很晴朗，但有点冷飕飕的。

"你确定不带汽化煤油炉吗？"

"不带不带，"玛丽说，"我是要生篝火的。篝火是很重要的。"

海面上有一个黑点正沿着笔直的路线朝着小岛靠近，看来汤姆按照约定准时来了。但很快就能发现，那艘船里只有一个人。他跳上了岸，把船给泊好。原来约翰内斯已经给商店打过电话了，他说他有很多文章要看，很遗憾不能来了，他很抱歉。

"噢，嗯，"玛丽说，"没关系。"她说完就突然转过身去，朝屋子里走。

尤娜沉默了很久。

汤姆说："你不是说要看看那批旧木材吗？去看看吗？"

于是他们走去木材那儿瞧了一瞧。有些木头只能砍一砍当柴火用，但还有相当一部分可以给汤姆，他能用来搭他的新码头。

尤娜说："我这人挺搞笑的。我一直没真正搞明白过什么野营的事。你姐姐有时候爱胡思乱想。不谈这个了，你最近在忙点什么呢？"

"就拿油灰装装窗户。"

"你是不是很久以前用过睡袋？"

"噢，我估计这得有二十年了。"

等玛丽和汤姆开船去西博达岛时，尤娜一直站在岸上望着他们，直到船开到碎礁后头再也看不到了为止。风已经渐渐停了。

晚上的时候，她走到木屋旁的斜坡上。天空中找不到一朵云，没有东西挡着星星。

这真是一个美好的夜晚。

信

要精确地说出变化发生的时间点不是一件容易的事，但尤娜就是变了。她身上肯定发生了什么事情。这种变化你不一定能马上察觉到，甚至没有到你得问她身体是不是不舒服、心情是不是很难过的程度——是，这个变化非常细微，而且难以形容，但它就是存在。不是愤怒，不是沮丧，也不是一种心照不宣的沉默，玛丽知道尤娜正在沉思一些她不愿意说出口的事情。

她们最近只有在晚上的时候才见面，因为玛丽正好在忙着给书画插图，这项大任务让她又喜又忧。每次她到尤娜那边去的时候，晚饭都已经准备好了，她们和往常一样，吃饭的时候会把书放在自己的盘子旁边，晚点的时候会看看电视。一切都是那么平静，和往常没什么不同，但不知怎么的，尤娜好像总是一副很疏远的样子，感觉人在很远很远的地方似的。玛丽把盘子给放错了，餐布也忘了拿，可尤娜一句话也没有说。住在隔壁的人开始在钢琴上弹奏起音阶来，她也没有一点反应。电台里在放约翰尼·卡什的歌，她也没放磁带录制。太可怕了。等到晚上电影放完之后她还是一句话都不说，这可是雷诺阿导演的片子。她们面对面坐在资料室里，玛丽为了找点事情做，便随手翻起了尤娜的信件，桌子上的信堆成高高的一沓。尤娜非常迅速地伸出手，把那沓信给夺了过来，然后把它们抱回了自己的工作室。

这时，玛丽勇敢地问了一句："尤娜，是不是有什么事？"

"你这话是什么意思？"尤娜说。

"我觉得我们之间哪里出了错。"

"一点都没错。我现在在忙工作。我工作得挺好的。真的，我挺忙的。"

"是，我知道。你是不是为了什么事情跟我不开心？还是有谁冒犯了你吗？"

"没有没有。我不知道你在说些什么。"尤娜打开了电视机，坐在位子上看着一档很无聊的节目，这种节目是专门逗观众笑的，现场总是坐了一大帮人，在那里笑个不停。

玛丽问："你要喝咖啡吗？"

"不用，谢谢。"

"饮料要吗？"

"不用。你想喝的话自己喝好了。"

"我还是回家吧。"玛丽说完停顿了一会儿，可是尤娜什么话都没回。

于是玛丽给自己倒了一杯饮料。她沉思了很久，然后用超级客气的口气说，尤娜对她来说非常重要，重要到没有她生活是完全过不下去的。

可是这么做却坏事了，彻头彻尾地坏了——尤娜突然从座位上起身，把电视给关了，所有难以捉摸、无以名状的感觉都消散了，她大吼："别那样说！你根本不知道你在对我说些什么！你在把我往绝路上逼。让我一个人静一静！"

玛丽大吃一惊，除了感到尴尬以外什么也不能做。她们俩都很尴尬。过了一会儿，她们又用非常礼貌的口气和彼此说话。

玛丽说："我想我还是等明天再来洗碗吧，你应该不会很早起来工作吧？"

"不会，应该要到十点以后才开始工作。"

"我电话就不打了，你应该把电话线拔了对吧？"

“嗯，”尤娜说，“你有浓缩果汁吗？”

“有，我那儿有。那晚安了。”

“晚安。”

玛丽以为自己会睡不着，但没想到一眨眼工夫她就睡着了，都没来得及想自己有多么不开心。直到第二天睡醒，她才慢慢想起来，自己的心情是多么糟糕，简直糟糕透了。她无休止地重复着尤娜说的每一个字，模仿着尤娜说话时的表情和音调——她太无情了，她怎么能说出那种话呢，为什么，为什么，为什么！她是要甩掉我。

玛丽冲到阁楼里，闯进尤娜的工作室。她想也没想就很不客气地大声吼道：“你为什么想要甩掉我？！”

尤娜盯着她看了一会儿，然后说：“读读这封信。”说完便把信递到了她面前。

“我没戴眼镜，”玛丽生气地说，“你读，你读给我听！”

接着尤娜就读了起来。信里说她获得了一个奖励，可以租用一处在巴黎的工作室，租期为一年。工作室只能她一个人用。租金当然是非常低的。这么看来，这是一项国家级的荣誉了。要求她在十天内给个答复。

“天哪，”玛丽说，“就这样吗！”她坐了下来，努力整出一副很恐惧的表情来。

“喏，你现在明白了，”尤娜说，“我不知道我该怎么做。我还是回绝掉吧，这样做或许最好。”

许许多多的可能性和不可能性在玛丽的头脑中迅速闪过：偷偷地住进去；或者在附近什么地方租个房子住；或者等插画的事情忙完了再过去，反正画个插画也用不了多少个月——她又抬头看了看尤娜，突然明白了：既然尤娜开始忙工作了，那她确实需要一个安静的工作环境，整整一年是要的。

“我看最好还是回绝了算了。”尤娜重复道。

玛丽说：“别回绝掉。我想我一个人应该没问题。”

“真的吗？你真的这么觉得？”

“嗯。我自己也需要一段挺长的时间来画插画。我一定要把它们画好。”

“但不管怎么说，”尤娜非常困惑地说，“插画的事情……”

“嗯。就这样办吧。这些插画我是一定要好好完成的，我需要时间。你可能还不明白它们对我的意义有多重要吧。”

尤娜惊呼：“我当然明白了！”然后她开始滔滔不绝地分析起插画的重要性。她还说到画插画这份工作的辛苦和需要投入的精力，她说要拿出最好的作品，就需要一个不被打扰的工作环境。

玛丽没有很认真在听，一个很大胆的想法在她脑中慢慢成形：她开始期待一种独居生活，一种自由自在的生活。想着想着，她突然有种类似兴奋的心情，和受到爱之祝福时的心情一样。

明室

Lucida

照亮阅读的人

主　　编　陈希颖
副 主 编　赵　磊
策划编辑　赵　磊
特约编辑　李佳晟
营销编辑　崔晓敏　张晓恒　刘鼎钰
设计总监　山　川
装帧设计　山川制本 workshop
责任印制　耿云龙
内文制作　丝　工

版权咨询、商务合作：contact@lucidabooks.com

上海光之室文化传播有限公司　Shanghai Lucidabooks Co., Ltd.

图书在版编目（CIP）数据

公平竞争 / (芬) 托芙·扬松著 ; 沈赟璐译 . 北京 : 北京联合出版公司 , 2025. 6. -- ISBN 978-7-5596-8153-9

Ⅰ . I531.45

中国国家版本馆 CIP 数据核字第 2024YS5139 号

北京市版权局著作权合同登记号 图字：01-2025-0221 号

公平竞争

作　　者：［芬］托芙·扬松
译　　者：沈赟璐
出 品 人：赵红仕
策划机构：明　室
策划编辑：赵　磊
特约编辑：李佳晟
责任编辑：李艳芬
装帧设计：山川制本 workshop

北京联合出版公司出版
（北京市西城区德外大街 83 号楼 9 层　100088）
北京联合天畅文化传播公司发行
北京市十月印刷有限公司印刷　新华书店经销
字数 74 千字　787 毫米 ×1092 毫米　1/32　4.75 印张
2025 年 6 月第 1 版　2025 年 6 月第 1 次印刷
ISBN 978-7-5596-8153-9
定价：52.00 元